KiWi 517

Über das Buch
Die Explosion einer Waschmaschine im Hause Meier, bei der ein wichtiges Familienportrait in arge Mitleidenschaft gezogen wird, führt zu einer völlig neuen Kollegialität beim sonst eher spröden Arbeitskollegen Schmitt, genannt China-Schmitt. Er, der in Shanghai aufgewachsen ist, wo sich sein Vater, die Familie war 1935 emigriert, als Kunstmaler und Restaurateur durchschlagen mußte, bietet an, das Gemälde wiederherzustellen, was allerdings nur partiell gelingt. Auch die Geschichte »Der Rembrandt-Verbesserer« offenbart einen völlig neuen Blick auf die Probleme der Kunstgeschichte und ihre Bewältigung. Wieso trägt Mona Lisa plötzlich einen Ring am linken Finger? Und befand sich auf Hodlers Gemälde »Der Genfer See« immer schon im Hintergrund ein Audi, Baujahr 1938? Zumal der Künstler bereits 1918 verstorben war, das Gemälde aber von 1905 stammt? Und was hat es mit Robinitsch zu tun, der nach seinem Tod auf ganz unheilige Art durch den Ort zu geistern scheint? Auch Herbert Rosendorfers neue Geschichten, unterhaltsam, amüsant und nicht ohne Bosheit, stellen sich unerschrocken den ewig neuen Erscheinungsformen menschlichen Irrsinns.

Der Autor
Herbert Rosendorfer, 1934 in Bozen geboren, 1939 mit den Eltern nach München umgezogen, studierte an der Akademie der Bildenden Künste, wechselte danach zum Jurastudium. Seit 1969 zahlreiche Romane und Erzählungen sowie Theaterstücke. Professor für Bayrische Literaturgeschichte an der Universität München. Nachdem er seine Tätigkeit als Richter am Oberlandesgericht in Naumburg beendet hat, lebt er wieder in der Nähe von Bozen.

Zuletzt erschienen von Herbert Rosendorfer bei K&W: »Absterbende Gemütlichkeit. Zwölf Geschichten aus der Mitte der Welt«, 1996. »Das selbstfahrende Bett. Eine Sternfahrt«, KiWi 420, 1996. »Die große Umwendung. Neue Briefe in die chinesische Vergangenheit«, 1997. »Ungeplante Abgänge. Zwei neue Geschichten aus der Mitte der Welt«, 1998.

Herbert Rosendorfer

Der China-Schmitt

Neue Geschichten

Kiepenheuer & Witsch

1. Auflage 1999

Umschlaggestaltung: Philipp Starke, Hamburg
Umschlagmotiv: Elke Ehninger, Hamburg
Gesetzt aus der Walbaum Standard (Berthold)
bei Kalle Giese Grafik, Overath
Druck und Bindearbeiten: Clausen & Bosse, Leck
ISBN 3-462-02802-2

Für Elisabeth
und Heinrich Gasser
in alter Freundschaft

Inhalt

Das letzte Beben

Am Samstag – es war ein knackend kalter Wintertag, und die Leute saßen bis spätabends in den Bierwirtschaften – spürte man gegen elf Uhr in der Nacht das erste Zittern. Es war ein fast unmerkliches, leises Zittern, ein leichtes Pulsieren, so als ob ein schwerer Lastwagen langsam am Haus vorbeifahre, nur daß kein Lastwagen da war weit und breit, und das Zittern oder Pulsieren die ganze Nacht hindurch nicht nachließ. Die Biergläser der späten Zecher zitterten auf den Tischen, doch die Zecher merkten nichts, selbst wenn dicht beieinander stehende Gläser bereits aneinanderklirrten.

Aber die Erdbebenwarte registrierte das Pulsieren, selbstverständlich. Herr Brettmann rief dort an und erfuhr von einem schläfrigen, nachtdiensttuenden Erdbebenwart, daß es sich um ein ihm vollkommen unverständliches Phänomen handle: er verzeichne es schon seit etwa sieben Uhr, es steige – nur für die empfindlicheren Apparate spürbar – seitdem an, und wenn es sich um ein Erdbeben handle, sei es ein ganz kurioses, ein Erdbeben mit der Präzision einer Uhr, die einzelnen Erschütterungen in exakt zwei Sekunden Abstand, jede zweite Erschütterung – auch das nur für die Seismographen registrierbar – etwas schwächer. »Wie war Ihr Name?« fragte der Erdbebenwart, der im Lauf des Gespräches munterer geworden war und sich auch freute, daß einer sich für seine Arbeit interessierte. »Brettmann«, sagte Brettmann. »Am besten, Herr Brettmann«, sagte der Erdbebenwart, »rufen Sie am Montag den Chef an. Vielleicht kann der es erklären.«

Am Montag war keine Rede mehr davon, daß Herr Brettmann oder irgend jemand die Erdbebenwarte hätte anrufen können. Die Auskunft vom Samstagabend bekam Brettmann auch nur deshalb noch, weil er einige Sekunden *vor* dem Ministerpräsidenten angerufen hatte. Von da ab war das Phänomen Chefsache, und der Chef der Erdbebenwarte – sofort vom Anruf des Ministerpräsidenten informiert – verbot dann dem diensttuenden Erdbebenwart, weitere Auskünfte zu geben. Zunächst sagte der Erdbebenwart bei den im Lauf der Nacht immer häufiger werdenden Anrufen: »Bedaure …«, später dann nahm er nicht mehr ab. Dem Chef war die Sache im übrigen auch unklar.

Am Sonntag begannen die Maulwürfe aus dem Boden zu kriechen. Milch in Eisschränken wurde zu Butter. Feinfühlige Naturen bekamen Kopfweh. Der Neubau einer Autobahnbrücke bei Memmingen stürzte ein. Eine Witwe in Ramersdorf alarmierte die Polizei, weil der Mieter über ihr seit Stunden Schlagzeug spiele. Der Funkstreifenbeamte läutete beim Mieter über der Witwe, aber der war gar nicht da. Die Witwe zeterte und verdächtigte den Polizisten, der aber vollständig die Form wahrte, mit dem Mieter oben unter einer Decke zu stecken, und drohte eine Dienstaufsichtsbeschwerde an. Zu dieser Beschwerde ist es durch die Ereignisse, die sich bald überstürzen sollten, nicht mehr gekommen.

Am Montag sprangen Züge aus den Schienen; einen Faden in ein Nadelöhr zu stecken, war bereits unmöglich; zahllose Betongebäude stürzten ein, feinere Uhren blieben stehen; ein Seiltänzer, der trotz Warnung seiner Tochter für den abendlichen Auftritt üben wollte, fiel vom Seil, blieb aber so gut wie unverletzt, da er in einem Haufen Streu landete. Krisenstäbe traten zusammen. Der Bundeskanzler telephonierte auf seinem bereits sichtbar bebenden Stuhl sitzend mit seinen Kollegen in den befreundeten und verbündeten Ländern und erfuhr, daß sich das rätselhafte Phänomen offenbar weltweit erstreckte.

Am Dienstag früh traf im Kanzleramt eine Depesche der deutschen Botschaft in Peking ein, aber zu dem Zeitpunkt war das Beben schon so stark, daß man die Zeilen nicht mehr lesen konnte.

Schuld an der Sache, wenn man so sagen kann, war der luxemburgische Futurologe Aléxandre Klein, der etwa zwei Jahre zuvor nichtsahnend eine Broschüre veröffentlicht hatte, in der er anhand bekannter oder errechenbarer Fakten nachwies, daß die Länder der Dritten Welt keine Chance haben, den Entwicklungsvorsprung der Industrienationen jemals aufzuholen. Wenn die Dritte Welt – was ohnehin fraglich ist – soviel Verstand, Geld und Disziplin aufbringt, sich eine ernst zu nehmende Industrie zu schaffen, was frühestens in achtzig Jahren der Fall ist, allerfrühestens, wahrscheinlich aber erst in hundertsechzig, dann gibt es rundweg nichts mehr, was diese Industrie verarbeiten könnte, weil die alten Industrienationen inzwischen alle Rohstoffe verbraucht haben werden.

Diese Broschüre mit der im übrigen alles andere als neuen Erkenntnis dieses gewissen luxemburgischen Futurologen Aléxandre Klein fiel einem Beamten der chinesischen Botschaft in Luxemburg in die Hände, der sie nach Peking weiterleitete. Dort las man die Broschüre mit Aufmerksamkeit, obwohl auch dort Kleins Erkenntnisse niemanden aus den ameisenblauen Socken warf. Allerdings erbitterten zwei Schlußfolgerungen Kleins: Auch China, schrieb Klein, teile das Schicksal der Dritten Welt. Zwar mache China alle Anstrengungen, um gerade noch als letztes auf den ablegenden Dampfer der satten Nationen zu springen, aber es sei zu spät. China werden zwischen Kaimauer und

Bordwand ins Wasser fallen. Schon das wurde als grobe Unhöflichkeit empfunden. Nur noch als Hohn werteten die Chinesen den folgenden Vorschlag Kleins: Die Chinesen sollten sich zum Ackerbau zurückentwickeln und im übrigen die Empfängnisverhütung weiter kultivieren.

Eine große geheime Konferenz aller chinesischen Spezialisten für wirtschaftliche Entwicklung kam zu dem Ergebnis, die höhnischen und unhöflichen Schlußfolgerungen Aléxandre Kleins träfen zu. Es sei nichts zu machen. Die europäischen Langnasen und Käsgesichter hätten recht. Es bildeten sich dann innerhalb der chinesischen Führungsschicht zwei Lager. Das eine Lager sagte: Man sei schließlich ein sozialistisches Land, und es sei nicht das erstemal, daß man eine Schwierigkeit wegdiskutiere. Funktionäre hätten vorerst noch zu essen, und wenn man kein großes Aufhebens mache, könne man wie bisher weiterwursteln. Das andere Lager aber trug in der Grundsatzdebatte den Sieg davon. Nach zwei Jahren Vorbereitung begann das große Schaukeln. Um den Preis des eigenen Untergangs hatten die Chinesen beschlossen, sich an der Welt zu rächen.

Die Chinesen sprangen in drei Schichten, die erste von Mitternacht bis acht Uhr, die zweite von acht Uhr bis vier Uhr nachmittags und die dritte von vier Uhr nachmittags bis Mitternacht. Häufig absolvierten Aktivisten freiwillig zwei Schichten hintereinander. Sie sprangen genau gleichzeitig bis zu einem Meter hoch, je nach Kondition, in der Frequenz von zwei Sekunden, zwischen Ostchina, also der Küste, und Westchina, um eine Sekunde versetzt. Der Effekt war so, als ob alle Passagiere eines Schiffes auf Kommando auf Deck hin- und herliefen.

Am Mittwoch überschwemmte eine Springflut Californien und die übrige Westküste Amerikas. Im Zurückrollen spülte die Flut Japan, Indonesien und Australien weg, auch einen Teil der chinesischen Küste mit insgesamt 40 Millionen springender Chinesen. Der Rest sprang weiter. Am Donnerstag war das Beben so stark, daß der Bundeskanzler beim Versuch, das Telephon nach Washington zu ergreifen, aus dem Fenster schnellte. Er wurde nicht einmal mehr gesucht. Die Witwe in Ramersdorf erlitt bei dem Versuch, mit dem Besen gegen die Decke zu klopfen, tödliche Verletzungen, weil sie gegenläufig klopfte und ihr dadurch der Besenstiel in den Rachen fuhr. Sie hätte ohnedies nur noch wenige Minuten gelebt, da der Häuserblock gleich darauf zusammenstürzte. Der größte Teil der nichtchinesischen Weltbevölkerung wurde durch das ständige Beben wahnsinnig. Der klarsinnig gebliebene Teil floh in die Wälder und wurde zumeist von umstürzenden Bäumen erschlagen.

Die Chinesen sprangen mit höllischem Vergnügen weiter. Auch sie waren dezimiert, aber die Welt bebte schon derart, daß das Beben Eigenbewegung geworden war. Eine stark sich bewegende Schaukel braucht nur noch leicht angeschoben zu werden. Die wenigen verbliebenen Chinesen trieben die Welt langsam, aber sicher in die Resonanzkatastrophe.

Am Freitag versuchte eine Rumpfkonklave von drei Kurienkardinälen, anstelle des irrsinnig gewordenen Papstes einen neuen zu wählen. Die Architektur der Sixtinischen Kapelle hielt zwar noch, aber es war unmöglich, die Stimmzettel in den Schlitz der Kassette zu stekken. Darauf zählten die Kardinäle ab: »Ene – mene – mei ... und du bist frei«, allerdings – trotz allem auf Würde bedacht – auf lateinisch: »Enus – menus – miber –

et tu es liber.« Kardinal Gregoretti wurde Papst. Er nahm den Namen Petrus II. an. Wer die Prophezeiung des Malachias kennt, weiß, was das bedeutet. Papst Petrus II. kämpfte sich, an den zum Teil mit Fresken Raffaels geschmückten Wänden sich festhaltend, über hüpfende Stiegen und schwankende Korridore zum Balkon der Peterskirche durch. Ohne Gefolge mußte er wohl oder übel selber das Ergebnis der Wahl verkünden. »Annuntio vobis gaudium magnum ...« schrie er auf den leeren Petersplatz hinunter: »... habemus Papam ...« Da tat drüben der letzte Chinese den letzten Hupfer. Die Erdachse kippte aus der Rotationsebene. Mit ausgebreiteten Armen schoß der Papst vom Balkon aus nach oben ins Unendliche.

Der nichtsahnende Urheber des Ganzen, der luxemburgische Futurologe Aléxandre Klein, war schon am Mittwoch abends leise jammernd an einem durch das Beben gelockerten Stiftzahn erstickt. Wer aber den Weltlauf der vergangenen Jahrzehnte aufmerksam verfolgt hatte, wußte, daß es letzten Endes so kommen mußte.

Der China-Schmitt

Die im Chef-Vorzimmer hieß »*die* Schmid«, später heiratete sie und hieß Derendinger, aber die älteren Angestellten sagten immer noch »die Schmid«, fügten höchstens, aber unwillig, hinzu, »also die jetzige Derendinger«. Ziemlich farblos und ohne Eigenschaften war der Einkauf-Schmied. Er schrieb sich mit i-e-d, sein einziges Merkmal, aber das war akustisch nicht wahrnehmbar. Er hatte vor 25 Jahren als Lehrling beim Einkauf angefangen, und er hatte damals schon so unscheinbar und alterslos ausgesehen wie jetzt; vielleicht ein bißchen mehr Haare hatte er früher gehabt. Obwohl er längt bei der Lagerüberwachung arbeitete (und inzwischen viele andere Stationen in der Firma durchlaufen hatte), hieß er immer noch *der Einkauf-Schmied.* Der Abteilungsleiter vom Einkauf/Verkauf hieß *der rote Schmidt,* weil er rote Haare gehabt hatte. Seit vielen Jahren schon waren sie grau, und er erwähnte stets, daß sich sein Spitzname von den Haaren herleitete, nicht etwa von seiner politischen Überzeugung. Immerhin war er ja Abteilungsleiter. Auch bei Müller, Meier (alle Schreibweisen) und Huber gab es vorangestellte Unterscheidungsmerkmale: der Mäuse-Müller (hatte sehr kleine Augen), der Magen-Müller (Magengeschwüre), der hinkende Müller, der Montags-Meier (er hielt es seit Jahren für einen umwerfend komischen Witz, am Montag händereibend durch die Büros zu gehen und zu sagen: »Gott sei dank ist heute wieder Montag«), Nasen-Meyer (große Nase), der einarmige Maier, der Bürsten-Huber (wegen des Haarschnitts), der schöne Huber, der ganz schöne Huber, der Goethe-Huber (er hatte auf einem Betriebsausflug vor Jahren den Fehler gemacht, ein eigenes – ernstes – Gedicht vorzutragen; alle hatten schallend gelacht) und der Kaninchen-Huber (Züchter). Wieviel Schmids und Schmieds und Schmidts und Hubers und Meiers und Mayers und Meyers und Müllers in der anonymen und zudem oft wechselnden, schmutzigen Armee unter der Lärmglocke der Fabrikshallen unten arbeiteten, wußte – außer dem Buchhaltungscomputer – niemand, die waren namenlos, ob sie Schmidt hießen oder Krzytalski. Nasen-Meyer und Mäuse-Müller arbeiteten oben in der Verwaltung. Sie waren Angestellte, nicht Arbeiter, sofern »organisiert«, nicht in der »IG Metall«, sondern in der Angestellten-Gewerkschaft. (»IG-Biere-Schnäpse-Räusche« pflegte der launige Montags-Meier zu sagen, in vorgerückter Stunde bei illegalen Geburtstagsfeiern im Büro.)

Und der China-Schmitt, i – zwei t.

Der China-Schmitt war lang und hager und hatte einen knochigen Schädel, wenig Haare. Er war immer ordentlich gekleidet: den Mantel gegürtet, sehr brav. »Er ist der Typ Mensch«, sagte Frau Derendinger, »den sich die Mütter für ihre Töchter als Mann wünschen. Die Töchter aber nicht.« Irgendeine Tochter aber mußte ihn einmal gewünscht haben, denn China-Schmitt war verheiratet. Wer diese Frau war, wie sie aussah, und überhaupt wie die privaten Lebensumstände China-Schmitts beschaffen waren, wußte man nicht. Daß er eine Tochter hatte, die sechzehn Jahre alt war, hatte Frau Knecht nur hinten herum aus der Buchhaltung erfahren. Da hatte Frau Knecht auch gleich den Geburtstag China-Schmitts notiert: 24. Februar. Der nächste 24. Februar war ein Samstag, aber eine wie Frau Knecht vergißt so was nicht, hatte einen Kalender, in den sie das alles hineinschrieb, und als China-Schmitt im übernächsten Jahr am 24. Februar – wie immer die zu große, zu flache

Baskenmütze unkleidsam, weil zu schräg und zu weit hinten auf dem Kopf (China-Schmitt sah mit der Baskenmütze nicht aus wie ein Baske, sondern wie ein Totenkopf mit einem blauen Heiligenschein) – als China-Schmitt also das Büro betrat, stand ein Blumenstrauß auf seinem Tisch, und Frau Knecht stimmte: »Happy Birthday to You …« an. Die anderen sechs fielen zögernd ein. China-Schmitt stand da und zog ein Gesicht, als ob ihn Frau Knecht gefragt habe: wir haben hier beschlossen, Sie zu bitten: ziehen Sie Ihre Hose aus. Unter Aufbietung aller Kräfte lächelte China-Schmitt und gab, wobei er sichtlich jedesmal eines Rucks bedurfte, jedem die Hand. Er gab die Hand mit steif ausgestrecktem Arm, daß ihm ja keiner zu nahe komme, und schon gar nicht Frau Knecht, die in solchen Fällen dazu neigte zu küssen.

Es war auch unmöglich, China-Schmitt auszuhorchen, zu erfahren, zum Beispiel, ob er eine Zwei-, Drei- oder Vierzimmer-Wohnung hatte, wohin er in Urlaub fuhr, ob die Tochter noch in die Schule ging und gegebenenfalls wo, ob finanzielle Sorgen vorhanden waren oder gesundheitliche, und was eben so in einem Büro, wo acht Leute jahraus, jahrein eng beieinandersitzen, die Arbeitskollegen interessiert. Unmöglich: China-Schmitt beteiligte sich weder am Betriebsausflug, noch ging er mit aufs Oktoberfest. Als der Abteilungsleiter – der rote Schmidt – seinen fünfzigsten Geburtstag feierte und (diesmal mit Genehmigung der Chefetage) einen Umtrunk ab 1/2 3 Uhr nachmittags veranstaltete, trank China-Schmitt zwar anstandshalber ein Bier mit, kann auch sein zwei, ging zum (da bereits vielfach von Frau Knecht geküßten) roten Schmidt hin, machte eine steife Verbeugung und sagte: »Erlaube mir auch meinerseits die höflichsten Glückwünsche …«, aber Schlag zehn nach vier, wie immer, setzte er seinen flachen Baskenteller auf den Schädelknochen und ging. Die anderen sieben im Büro »Verkauf, Inland I« waren längst untereinander per »du«, China-Schmitt nicht.

Nur eins wußte man von ihm: China. Er war in China gewesen. Er konnte Chinesisch. Davon erzählte er gelegentlich. In der Firma waren seine Chinesisch-Kenntnisse ohne Wert, denn die Chinesen, wenn in die Abteilung »Export/Asien« von ihnen Briefe kamen, schrieben englisch oder sogar deutsch.

Die Vorgängerin von Frau Derendinger, Frau Förster, inzwischen längst im Ruhestand, hatte immer gesagt: »Der China-Schmitt ist nicht hochnäsig, wie alle meinen. Er möchte schon freundlich sein, er kann nur nicht.« Und einmal sagte sie: »Er ist zu gut für diese Welt.« Frau Förster war ein mütterlicher Typ, aber was sie sagte, nahm niemand recht ernst, am wenigsten in so schwierigen Fällen.

China-Schmitt war, das sagte er zwar nicht ausdrücklich, aber Frau Knecht errechnete es, im Alter von ungefähr fünf Jahren um 1935 herum mit seinen Eltern nach China gekommen, nach Shanghai. Dort hatte die Familie etwa fünf Jahre gelebt. Mitten im Krieg, seltsamerweise, war die Familie dann nach Deutschland zurückgekehrt. Warum, und wie das war: davon erzählte China-Schmitt nichts. Er erzählte nichts von sich, nur von China und den Chinesen.

»Da haben Sie ja wohl viele chinesische Antiquitäten?« fragte Frau Knecht einmal im Anschluß an eine Schilderung China-Schmitts vom chinesischen Neujahrsfest. China-Schmitts Redefluß versiegte sofort. »Nein«, sagte er nur knapp.

»Fahren Sie wieder einmal hin?« fragte Frau Knecht.

»Nein«, sagte China-Schmitt womöglich noch knapper und wandte sich seiner Arbeit zu.

Beim Montags-Meier war ein Unglück geschehen. Der Montags-Meier war in vielen Dingen das gerade Gegenteil des China-Schmitt. Er ließ alle Kollegen an seinem Leben teilhaben. Am Tag nach dem Unglück ging er von Zimmer zu Zimmer und schilderte es. Zum Arbeiten kam er an diesem Tag überhaupt nicht.

Entdeckt hatte den Vorfall oder vielmehr die ersten warnenden Vorboten Montags-Meiers Schwiegermutter, Frau Pointvogel. Frau Pointvogel wohnte in Pfarrkirchen, weilte aber im Augenblick in München, was zwar – wußte man schon vorher aus Montags-Meiers Schilderungen – Beengung mit sich brachte, aber auch Vorteile, denn die Schwiegermutter war waschsüchtig. »Wenn die wegfährt, nach vierzehn Tagen, dann erkennst du die Wohnung nicht wieder und uns alle auch nicht. So sauber. Meine Frau ist auch sehr ordentlich, kann man nichts sagen, aber gegen ihre Mutter ist sie das reinste Ferkel.«

»Komisch«, sagte der Azubi Knolte.

»Wieso komisch?« fragte Montags-Meier.

»Weil«, sagte der Azubi, »das reinste Ferkel eigentlich das dreckigste Ferkel sein müßte. Oder umgekehrt. Irgendwie.«

»Ach was«, sagte Montags-Meier und erzählte weiter: die Schwiegermutter, also besagte Frau Pointvogel aus Pfarrkirchen, habe gegen 15 Uhr 30 – Montags-Meier war noch gar nicht daheim – ein schmales Rinnsal Wasser bemerkt, das auf den Küchenboden unter der Waschmaschine herausfloß. Die Schwiegermutter, reinlich, wie sie war, habe einen Putzlumpen ergriffen und das Rinnsal aufgewischt, wobei ihr aufgefallen sei, daß das ausgelaufene Wasser eine leicht rötlich-bräunliche Färbung aufwies. Um 15 Uhr 45 habe die Schwiegermutter, Frau Pointvogel, nochmals nachgeschaut und neuerdings ein nun schon größeres Rinnsal festgestellt. »Die Katze«, sagte Montags-Meier, »stellen Sie sich vor, Susi heißt die Katze, hat von *dem* Augenblick an die Küche nicht mehr betreten, *obwohl,* das ist hochinteressant, in der Küche ihr Freßnapf steht. Tiere haben einen sechsten Sinn für kommende Katastrophen. Das haben sie uns Menschen voraus.«

Ja, und dann kam der merkwürdige Geruch. Brenzlig-ölig-faulig. Er kam nicht direkt von der Waschmaschine her, was dazu führte, daß man ihn vorerst nicht mit dem Rinnsal in Verbindung brachte, sondern komischerweise aus dem Schuhschrank im Schlafzimmer. »Der allerdings – jaha! aber nachher ist man immer gescheiter – an der gleichen Wand steht, nur eben auf der anderen Seite. Sie verstehen? Also – die Waschmaschine steht hier, in der Küche« – Montags-Meier zeichnete eine Skizze –, »der Schuhschrank exakt an der Wand im angrenzenden Schlafzimmer. Klar?«

Die reinliche Schwiegermutter nahm alle Schuhe aus dem Schuhschrank, sprühte jeden einzelnen Schuh innen mit »Mief-Stop« (Duftmarke *Waldmeister*) ein, was aber überhaupt nichts half. Der komische Geruch blieb. Als sie gegen 16 Uhr 20 mit dieser – sinnlosen – Arbeit fertig war, ging Cornelia (Montags-Meiers jüngere Tochter, genannt Dobsi, leider frühreif, Montags-Meier erzählte oft davon) in die Küche, um sich eine Cola aus dem Kühlschrank zu holen. Dabei stellte sie fest, daß aus dem Rinnsal inzwischen eine nahezu den ganzen Boden bedeckende Lache geworden und daß außerdem ein leichtes Geräusch wahrzunehmen war: »Als ob ein Wecker einen Schluckauf hätte! hat sie gesagt«, Montags-Meier lachte: »Als ob ein Wecker einen Schluckauf hätte. Wenn nicht die Katastrophe auf dem Fuße gefolgt wäre, hätte man das echt komisch finden können. Als ob ein Wecker einen Schluckauf hätte.«

Um 16 Uhr 35 kam Montags-Meier heim. Er fand seine Schwiegermutter in der Küche am Boden knieend vor, die – nun schon mit Eimer und Lappen – das weiterhin rötliche Wasser aufwischte. Montags-Meier wollte sagen: »Aber da qualmt es ja!«, kam nur bis »Aber da qualmt ...«, denn in dem Moment ...

»Also ich sage Ihnen: es war ohrenbetäubend. Ein Blitz. Gelblich-grünlich. Die Schwiegermutter aus Pfarrkirchen wurde ... wir wußten bis zu dem Zeitpunkt gar nicht, daß sie eine Perücke trägt. Die Perücke wurde ... die Fensterscheiben waren natürlich zertrümmert, wie nach einem Bombenangriff. Die Perücke der Schwiegermutter – grau-meliert – flog durch das Fenster auf den Balkon der Familie Oberknoller im zweiten Stock von Haus No. 4. Herr Oberknoller ist Tomatenzüchter. Er züchtet die Tomaten auf seinem Balkon in großen Kästen. Dorthin flog die Perücke. Herr Oberknoller holte sein Luftgewehr und schoß. Er hielt die Perücke – graumeliert, wie gesagt – im ersten Moment für eine Taube. Aber das war das wenigste: das Geschirr – ein Trümmerhaufen; die Wände (vor vier Wochen frisch gestrichen) – der reinste Picasso; ich selber – ein Schlamminger. Und die Maschine spuckte Wäsche: Socken, Unterhosen, Taschentücher, nacheinander, geschoßartig. Durch die Küchentür über den Gang, bis ins Wohnzimmer. Danach überall schlammige, rostrote Wäschestücke, sogar auf dem Gummibaum. Und ein infernalischer Gestank nach ... na, ich will jetzt, so kurz vor der Mittagspause, nicht schildern, wonach das gestunken hat. Eine Katastrophe. Und das Ölbild.«

Das Ölbild stellte dar – oder, besser gesagt, leider nunmehr: hatte dargestellt – die Eltern von Frau Meier: das

Ehepaar Konrad und Rosa Pointvogel, letztere geb. Hummel, am Tag ihrer Hochzeit im Jahr 1927 nebst den beiden Brautjungfern Heidrun und Sigrun Hummel, Nichten der Braut, und dem Dachshund Waldmann. Konrad Pointvogel war Förster gewesen, weswegen er auch auf dem Hochzeitsbild nicht auf den Hund verzichten wollte. Der Förster, später Oberförster Konrad Pointvogel aus Pfarrkirchen, war – seinen wohlverdienten Ruhestand leider nicht lange genossen habend – im Jahr 1966 bereits verstorben. Den Dachshund Waldmann hatte bereits zwei Jahre nach der Hochzeit die Fettsucht dahingerafft. Die Nichte Heidrun heiratete später einen Bankangestellten namens Büglein aus dem Fränkischen, verließ diesen 1946 zugunsten eines U.S.-Besatzungssoldaten namens Louis O. Christ, folgte diesem nach Amerika, wurde 1956 verstoßen, kehrte nach Bayern zurück, verfiel zunächst einem rumänischen Artisten mit Künstlernamen Marco und später dem Alkohol und war die erste, die 1972 vom eben errichteten Fernsehturm sprang. Sigrun Hummel dagegen wurde Lehrerin, blieb unverheiratet und lebte dann als pensionierte Rektorin in Landshut. Bei Frau Rosa Pointvogel handelte es sich um eben jene Schwiegermutter, auf deren Perücke der Tomatenzüchter Oberknoller mit dem Luftgewehr schoß.

Das Gemälde war als solches kaum noch zu erkennen. Ein scharfer Strahl der ätzenden Schlammbrühe hatte die untere halbe Kopfpartie des Oberförsters getroffen, ein anderer den Dackel. Sternförmig auseinanderfahrende Spritzer hatten tiefe Furchen durch die anderen drei Gesichter gezogen. »Mein Gott! mein Gott!« hatte die Oma geheult. Es war ihr so nahegegangen, daß sie darüber sogar den Verlust ihrer Perücke vergaß.

»Und natürlich waren *wir* schuld, beziehungsweise ich«, sagte Montags-Meier, »*hätte* ich doch das Bild in Pfarrkirchen behalten«, maulte sie, und so fort, »ich wollte es schon nicht hergeben« – Montags-Meier ahmte den jammernden Ton der Schwiegermutter nach –, »aber ihr habt ja unbedingt was haben wollen für den Platz überm Sofa. *Hätte* ich euch doch den *Panzerkreuzer Tirpitz im Eis* gegeben oder meinetwegen sogar vielleicht die *Mutter des Künstlers* von Dierer, das Lieblingsbild vom Opa, aber *nein*. Nein. Das Hochzeitsbild habt ihr haben wollen. Jetzt sind alle beim ...« »Versündige dich nicht, Oma!« habe ich geschrien. »Aber natürlich: schlimm schaut es schon aus, das Bild. Höchstens der Rahmen ist noch zu gebrauchen.«

»Aber also warum?« fragte Fräulein Beinlein, die Montags-Meier gegenüber am anderen Schreibtisch saß.

»Warum was?« fragte Montags-Meier.

»Warum ist denn nachher die Waschmaschine explodiert?«

»Ja, mei, halt«, sagte Montags-Meier, »wie halt so Waschmaschinen explodieren. Ab und zu.«

»Kann ich das Bild einmal sehen?« fragte China-Schmitt leise.

So war es nach vielen Jahren das erste Mal, daß ein privater Kontakt eines Kollegen mit China-Schmitt entstand. Schon aus Neugierde hatte sich Montags-Meier erboten, das Bild zu China-Schmitt in die Wohnung zu bringen, aber China-Schmitt hatte gesagt, es sei ihm viel lieber, er komme zu Meier, das sei deshalb sinnvoll, weil, wenn das Bild wirklich nicht zu retten sei (was er, China-Schmitt, nicht glaube), dann brauche es nicht sinnlos transportiert zu werden.

Der China-Schmitt kam pünktlich wie vereinbart, um Viertel nach sieben. Er trug keine Baskenmütze, sondern einen runden, karierten Hut. »Hat eher ausgesehen wie ein mißglücktes Auslaufmodell. Außerdem war er ihm zu groß. Aber ich will ja nichts sagen. Es ist *seine* Sache, und außerdem, wenn er mir das Bild restauriert!« Montags-Meier erzählte alle Einzelheiten am nächsten Tag.

»Es war ausdrücklich ausgemacht: *nach* dem Abendessen, und keine Umstände et cetera, aber meine Frau hat natürlich doch eine Knabbermischung hergerichtet, man will sich ja nicht anschauen lassen. Pünktlich, wie schon erwähnt, läutet es, und draußen steht der China-Schmitt. Um es vorweg zu sagen: von der Knabbermischung hat er nichts angerührt, aber getrunken hat er schon was. Ich hab ein *Himmlisches Moseltröpfchen* aufgemacht. Man will sich ja nicht anschauen lassen. Und sofort natürlich den Fernseher abgedreht. Man will ja nicht als Banause dastehen, wenn ein Besuch kommt. Ja. Er hat dann das Bild angeschaut, also: nicht nur angeschaut, ich hab's runtergetan vom Haken, und er hat's in die Hand genommen, hat eine Lupe herausgezogen und ganz genau geschaut und dabei ein bißchen gepfiffen. Er will es, hat er letztendlich gesagt, probieren.« Obwohl die Schilderung privater Natur war, floß unversehens das *letztendlich* aus Montags-Meiers dienstlichem Wortschatz ein. »Er hat dann sofort gehen wollen, aber ich habe gesagt: ›Aber Herr Schmitt, ich bitte Sie doch, und ich mach schnell ein *Himmlisches Moseltröpfchen* auf, und greifen Sie zu, Knabbermischung, oder wollen Sie lieber was Salziges? Inzwischen packt meine Frau das Bild ein‹ ... und so fort. Gegessen hat er, wie erwähnt, nichts, aber ein Glas Wein hat er getrunken. ›Hat das, wenn Sie die Frage erlauben, daß Sie Bilder restaurieren, etwas mit Ihrem Aufenthalt in China zu tun? Weil sie ja längere Zeit in China waren? sagt man.‹ ›Ja und nein‹, hat er geantwortet. Seine Eltern sind mit ihm 1935 nach China ausgewandert. Sein Vater war Kunstmaler, aber nicht sehr berühmt. Na ja – wenn einer als Kunstmaler nur Schmitt heißt. ›Warum ausgerechnet nach China?‹ habe ich gefragt. ›Es hat damals für uns nicht sehr viele Möglichkeiten gegeben‹, hat er gesagt, ›China war das Günstigste. Auch finanziell.‹ Na ja – ich hab gemerkt: das ist offenbar ein wunder Punkt. Obwohl er selber ja nicht mehr als 5, 6 Jahre alt gewesen sein konnte, damals. Er wollte nicht darüber reden. ›Nach Shanghai‹, hat er gesagt, ›es sind damals viele ... *Deutsche*‹ – er hat das irgendwie komisch betont, das *Deutsche* – ›nach Shanghai ausgewandert. Ein paar Tausend. Eine ganze Kolonie.‹ ›So‹, habe ich gesagt, ›das habe ich gar nicht gewußt.‹ ›Nein‹, hat er gesagt, »das weiß fast niemand.« Ja – und dort in Shanghai war natürlich nicht viel mit Bilder verkaufen und so fort, für den Vater. Und so hat er sich auf das Restaurieren spezialisiert. Auch auf chinesische Antiquitäten et cetera. So hat er letztendlich die Familie über Wasser halten können. Zeitweise besser sogar als wie mit dem reinen Bildermalen. Und wie man dann nach Deutschland zurückgekehrt ist, ist der Vater dabei geblieben, und der Sohn, der China-Schmitt, hat es von ihm gelernt, hat später sogar mitgeholfen, allerdings nur sozusagen als Hobby. ›Und aus welchem Grund, wenn die Frage erlaubt ist‹, habe ich gefragt, ›sind Ihre Eltern nach Deutschland zurückgekehrt?‹ ›Das ist eine lange Geschichte‹, hat er gesagt, ›aber jetzt muß ich gehen‹, hat das Bild untern Arm genommen und ist fort. ›Ich will es natürlich nicht umsonst haben‹, habe ich noch gesagt. ›Arbeit muß ihren Lohn haben‹, man will sich ja nicht anschauen lassen. ›Das kriegen wir schon‹, hat er gesagt, ›ich mache es gern. Habe ja nur noch selten Gelegenheit, seit mein Vater tot ist. Sie ersetzen mir die Materialkosten, wird nicht viel sein.‹«

Nach einer Woche kam China-Schmitt während der Mittagspause in Montags-Meiers Büro. »Es gibt ein Problem«, sagte er, »das Gesicht Ihres Herrn Schwiegervaters auf dem Bild ist ziemlich beschädigt. Zwar ist auch das Gesicht Ihrer Frau Schwiegermutter in Mitleidenschaft gezogen worden, aber Ihre Frau Schwiegermutter hatte ich die Ehre bei Ihnen anzutreffen, wie ich das Bild abgeholt habe, und da habe ich mir erlaubt, mir das Gesicht Ihrer Frau Schwiegermutter im Gedächtnis zu behalten, respektive mir auszumalen, wie Ihre Frau Schwiegermutter sozusagen verjüngt ausgesehen haben dürfte. Um das Gesicht wiederherzustellen, Sie verstehen. Aber bei Ihrem Herrn Schwiegervater –? Ob es vielleicht eine Photographie von ihm gibt? Möglichst aus der Zeit? Das gleiche gilt für die Brautjungfrauen. Der Dackel, nehme ich an, hat ausgesehen – nun, eben wie ein Dackel.«

Da Frau Pointvogel, immer noch nicht ganz erholt von dem Schrecken, und nachdem eine neue Perücke angefertigt worden war, inzwischen nach Pfarrkirchen zurückgekehrt war, mußte Montags-Meier brieflich anfragen. Tatsächlich gab es eine Photographie des Oberförsters Pointvogel aus der Zeit, sogar mit Dackel. Offenbar hatte sich der alte Pointvogel nie ohne Hund abbilden lassen. Von den beiden Nichten allerdings war keine Photographie aufzutreiben. Montags-Meier sagte, er überlasse die Gestaltung der Nichten-Gesichter dem Geschick China-Schmitts, es komme darauf nicht so sehr an, man habe keinen Kontakt mehr mit diesem Zweig der Familie.

»Seltsam«, sagte Direktor Vogel, »nach China? 1935 –? Und noch seltsamer: 1942 zurück nach Deutschland, mitten im Krieg? Ist das überhaupt gegangen: 1942 von China nach Deutschland fahren?«

»Ich weiß auch nicht, Herr Direktor, ich habe ihn nicht gefragt«, sagte Montags-Meier. Man saß beim Essen im Casino. Normalerweise aß Montags-Meier selbstverständlich nicht im Casino, sondern in der Kantine. Es gab drei Stufen: Kantine mit Selbstbedienung, das war ein großer Raum im Souterrain, wo man am Eingang ein Tablett aus Plastik in Empfang nahm, das auf den ersten Blick so aussah, als sei es aus Holz, dann gab man seine Essensmarke an der Kasse ab, sagte dort, was man trinken wolle, zahlte das, reihte sich dann in eine (meist lange) Schlange ein, bekam einen Schlag grünliche oder gelbliche oder graue Suppe, eine Rindsroulade mit Petersilkartoffeln oder »Deutsches Beefsteak mit Ei« oder »Pichelsteiner« und dergleichen, dann mußte man mit dem Tablett vorsichtig durch rempelnde und drängelnde Kollegen durch, mit scharfem Auge einen freien Platz suchen und vor allem aufpassen, daß man nichts verschütte. Die meisten (bis zur Abteilungsleiterebene) aßen in dieser Kantine. Durch eine Rauchglaswand abgetrennt davon war die Kantine mit Bedienung, genannt »Cafeteria«; viel kleiner. Dort standen Tische mit Resopalplatten; das Essen wurde serviert – drei Menüs zur Auswahl: Ochsenfleisch mit Wirsinggemüse oder 1/2 Brathuhn nach Matrosenart oder Gemüseplatte mit Spiegelei – die Getränke nachher kassiert. Auch hier galten die Essensmarken, es mußte aber ein Aufschlag entrichtet werden. Die Rauchglaswand war keine zwingende soziale Grenze, nur eine Hemmschwelle. Jeder hätte dort in der »Cafeteria« essen können, aber abgesehen vom Finanziellen scheuten sich die unteren Ränge, den Fuß dort hineinzusetzen, als sei es eine Anmaßung. Im fünften Stock aber lag das »Casino«: Teppichböden, Blattpflanzen, gläserne Drehtür, Kellner. Theoretisch galten auch dort die Essensmarken, und theoretisch hätten auch Nasen-Müller oder Krzytalski dort essen können, aber das wäre wirklich als Anmaßung empfunden worden. Ein gewisser Riegel war dem auch dadurch vorgeschoben, daß das Essen – à la carte, der Aufsichtsratsvorsitzende, Herr von Imschlechter, war stolz darauf, daß einmal ein ausländischer Gast sagte: wenn das nicht ein betriebsinternes Casino wäre, hätte es mindestens zwei Kochlöffel im Guide Michelin –, daß das Essen, also Bestellen, Warten, bis es gebracht wurde, usw., länger dauerte als die Mittagspause der unteren und mittleren Angestellten.

Im »Casino« wurden auch wichtige Geschäftsfreunde bewirtet, so die drei Japaner, denen Direktor Vogel am Vormittag das Werk gezeigt hatte. Montags-Meier, der auf unterer Ebene mit dem Projekt zu tun hatte, dessentwegen die Japaner gekommen waren, durfte bei dieser Führung mitmarschieren, ab und zu ließ Direktor Vogel durch ihn den Gästen etwas erklären. »Sie kommen dann natürlich auch mit ins Casino«, hatte dann um halb eins Direktor Vogel huldvoll zu Montags-Meier gesagt.

Montags-Meier kam sich vor wie befördert, als er im Gefolge des Chefs in das Casino ging. Obwohl er wußte, daß er morgen wieder unten im Souterrain seine Marke abgeben werde, und daß in ein paar Jahren erst wieder so eine Gehobenheit für ihn abfallen könne, oder gerade deswegen setzte er sich so an den weißgedeckten Tisch, als ob er jeden Tag hier sitze – ohne, versteht sich, den gebührenden Respekt dem Chef gegenüber zu verletzen, der wirklich jeden Tag hier saß. Die Kellner bedienten

Montags-Meier ohne mit der Wimper zu zucken wie ein Aufsichtsratsmitglied (»Haben schon gewählt?«), obwohl das scharfgeübte Auge jedes Kellners an ganz kleinen Gesten erkennt, wer dazugehört und wer nicht. Der Triumph allerdings war für Montags-Meier nicht das Essen selber, nicht einmal, daß es bis fast halb vier dauerte und natürlich für Montags-Meier als Arbeitszeit galt, sondern der Eintritt ins Casino, denn da ging grad die Auszubildende (früher sagte man unfeiner: Lehrling) Christine aus Montags-Meiers Abteilung vorbei. Montags-Meier winkte sie her: »Sag unten: ich muß heute im Casino –« (*muß!*) »– es kann länger dauern. Ich bin mit Herrn Vogel und den Japanern. Wenn etwas Dringendes ist, soll man heraufrufen.« Wie die Erwachsenen, sozusagen. Aber es kam nichts Dringendes. Für einen wie Montags-Meier kommt nie etwas Dringendes. –

Die Japaner zwitscherten Fachliches. Direktor Vogel langweilte sich. Ein höherer Ingenieur – Herr Fürsam – fütterte die Japaner mit technischen Informationen, natürlich nur allgemeiner Art; bei Japanern kann man nicht vorsichtig genug sein. Herr Ing. Fürsam konnte auch besser Englisch als Direktor Vogel. Um Direktor Vogel zu unterhalten, erzählte Montags-Meier vom China-Schmitt.

»Da hat man doch keine Ahnung«, sagte Vogel an einem der nächsten Tage im *Casino* zu Dr. Justen, einem der Justitiare, »was da für komische Leute in der Firma sind. Habe ich doch neulich durch Zufall erfahren – Sie wissen es auch nicht, natürlich, *kann* man ja auch praktisch gar nicht wissen, bei der Masse von Leuten, ist ja alles schon ganz anonym – wie bitte? ach so, ja: mir die Lachsschnitte, aber ohne Salat, und den trockenen 88er, wie immer, Sie wissen – ja, was wollte ich sagen,

Herr Dr. Justen – ich nehme keinen Salat mehr. Ich habe bemerken müssen, daß ich immer – also: salva venia scheußliche Blähungen vom Salat – seit einigen Jahren. Sie auch? Nein? Na ja. Es fällt mir nicht schwer, auf Salat zu verzichten. Ich sage mir immer: der Körper weiß selber ganz genau, was gesund ist und was nicht. – Nein, nicht den 89er, den 88er, ich bitte! ja, ist schon gut; und ohne Salat! – Ja. Was wollte ich sagen? Ach ja: stellen Sie sich vor, da ist ein Mensch bei uns im Betrieb, irgendwo unten in einer Abteilung, kein Arbeiter, ein Angestellter, ich habe vergessen, wie er heißt, irgendeinen häufigen Namen. Könnte sein Müller. Oder Meier, oder so. Sie nennen ihn den China-Müller oder -Meier. Der kann Chinesisch. Richtig Chinesisch. Stellen Sie sich das vor! In Wort und Schrift. Ist doch hochinteressant. Sitzt da – ja, danke, stellen Sie ihn daher, das ist der Richtige. 88er. Und ich habe doch gesagt: *keinen* Salat. Nehmen Sie ihn wieder mit –, sitzt da unter dem ganzen Fußvolk, in der Herde, die weiß ich was tut, einer, der kann etwas, was weder Sie noch ich können und kaum einer in der ganzen Stadt und im ganzen Land: nämlich Chinesisch. Ist doch toll. Höchstens natürlich Sinologen an der Universität und so weiter. Aber er hier, nur so ein Angestellter, kein Sinologe und nichts – und kann Chinesisch. Ich muß ihn einmal zu mir bitten, und er soll mir was vormachen, Schriftzeichen et cetera. Sitzt da, tut weiß der Kuckuck was, Einkaufskalkulation oder was, anonym in der Herde – und kann Chinesisch. Schade, daß die Firma das nicht ausnutzen kann. Habe schon überlegt – aber – mit China ... is nix. Und wenn, dann schreiben die Englisch. Aber er muß einmal zu mir heraufkommen, muß mir ein paar Schriftzeichen aufmalen. Interessiert mich. Und nicht genug damit – ja! bringen Sie mir noch einen; aber 88er! nicht 89er, und ... nehmen Sie ein Dessert,

Herr Dr. Justen? Ja. Für mich nur einen Kaffee-Hag –, nicht genug damit: er restauriert auch Bilder! Stellen Sie sich vor: kann Chinesisch und restauriert Bilder. Und sitzt da unten irgendwo in der Einkaufskalkulation im anonymen Haufen und addiert Zahlen. Das ist ein *Schicksal,* sage ich Ihnen. Ich wette mit Ihnen: das ist ein *Schicksal.* So was interessiert mich. Er war, habe ich mir sagen lassen, als Kind sieben Jahre in China. Und das ist das Seltsame, hören Sie her – ich habe es mir genau gemerkt, denn so was interessiert mich –, er ist 1935 nach China ausgewandert, mit den Eltern natürlich, da war er so fünf oder sechs Jahre alt, und 1942 nach Deutschland zurück. Wie kann das möglich sein? 1942 nach Deutschland zurück? Mitten im Krieg? Da steckt doch ein Schicksal dahinter. 1942! Und aus China. Da liegt doch Rußland dazwischen. Sehr seltsam. Ich muß ihn einmal zu mir kommen lassen. Das interessiert mich.«

Etwa zehn Tage, nachdem er es bei Montags-Meier abgeholt hatte, brachte China-Schmitt das Bild zurück. Am Ende der Mittagspause hatte China-Schmitt vor der Kantine gewartet, bis Montags-Meier herauskam: »Es wäre soweit. Ist es Ihnen heute recht?« »Ich hole es mir, Herr Schmitt«, hatte Montags-Meier gesagt, »wenn Sie sich schon die Mühe gemacht haben ...« »Nein, nein«, hatte China-Schmitt – sehr eilig, erzählte später Montags-Meier, förmlich abwehrend – gesagt, »ich bringe es lieber. Um sieben Uhr?«

Punkt sieben Uhr stand er vor der Tür. Er hatte das Bild unter dem Arm, in Zeitungen eingewickelt, außen herum noch eine alte, hellbraune Decke. Alles war gespannt. Auch die Frau Schwiegermutter Pointvogel war wieder da; mit neuer Perücke.

»Dann lassen Sie einmal sehen«, sagte Montags-Meier, setzte sich aufs Kanapee und goß allen ein *Himmlisches Moseltröpfchen* ein. China-Schmitt löste vorsichtig die Knoten des Spagates, als ob der Spagat etwas Kostbares sei, wickelte ihn über der Faust zusammen und steckte das Knäuel in die Tasche. Dann streifte er die Decke ab und legte sie gefaltet neben seine Füße unter den Tisch. Dann riß er vorsichtig das Zeitungspapier ab und wußte nicht, wohin damit. »Geben Sie her«, sagte Frau Meier, nahm das Papier, knüllte es zusammen und ging hinaus. Daher sah sie das fertige Bild erst später.

Frau Pointvogel brach in Tränen aus. Montags-Meier sagte: »Ja, hm ... irgendwie ...« Cornelia, genannt Dobsi, duckte sich und kicherte. Da kam Frau Meier zurück, sah das Bild, sagte: »Der Opa sieht ja aus wie der Dracula –« und schlug sich rasch mit der Hand auf den Mund.

»Eine peinliche Situation«, erzählte Montags-Meier am nächsten Tag, »er saß da wie ein begossener Pudel. Wo er sich doch sichtlich Mühe gemacht hatte. Er hat sich überhaupt nicht mehr vom *Himmlischen Moseltröpfchen* zu trinken getraut. Aber: der Schwiegervater hat auf dem Bild wirklich ausgeschaut wie ein Dracula. *Solche* Zähne. Und die Schwiegermutter – wie zu lang im Bräunungsstudio gelegen. Und der Dackel: eher wie ein Adler mit vier Füß'. Die Brautjungfern ... na ja, das wäre das wenigste gewesen.«

Es gab ein Hin und Her. China-Schmitt trank das *Himmlische Moseltröpfchen* dann doch, wenngleich nur ein Glas. Er murmelte ununterbrochen Bitten um Entschuldigung, erklärte: warum und wieso. Kein Mensch verstand diese Erklärungen. Zum Schluß war es so, daß Montags-Meier den China-Schmitt trösten mußte, zerknirscht packte er das Bild wieder ein, man versprach ihm weitere Photographien, und er ging. »Ich hab ehrlich gesagt Angst gehabt«, sagte Montags-Meier, »er stürzt sich ins Stiegenhaus hinunter.« »Dann wäre der Rahmen auch noch tschari gewesen«, sagte Frau Knecht und nickte.

»Er heißt China-*Schmitt*«, sagte Dr. Justen.

»Richtig«, sagte Herr Direktor Vogel.

»Ich habe meine Sekretärin herumfragen lassen in den Abteilungen, ob es einen gibt mit dem Spitznamen China-et cetera, und da hat sie eben herausgebracht: es kann nur der China-Schmitt sein.«

»Ja, ja, ich erinnere mich jetzt. China-Schmitt.«

»In Shanghai damals«, sagte Dr. Justen, »da hat es in den dreißiger Jahren, also nach 1933, eine deutsche jüdische Kolonie gegeben.«

»Ach!« sagte Herr Direktor Vogel.

»Ja. Viele Juden sind nach China ausgewandert, damals. Nach Shanghai. Da hat es dann sogar deutsche Zeitungen gegeben und ein deutsches Theater. Auch ein Orchester, Sänger – sie haben Opern und Operetten gespielt.«

»Wahrscheinlich ›Land des Lächelns‹«, sagte Vogel.

»Ich habe mir den Personalakt dieses Schmitt bringen lassen. *Joachim* mit Vornamen.«

»Eigentlich kein jüdischer Vorname, oder?«

»Genaugenommen doch; ursprünglich. Biblisch.«

»Im Ernst? Ja, ja – doch. Natürlich. Joachim und Anna.«

»Der Vater vom China-Schmitt hieß Israel. Israel Schmitt.«

»Aber warum sind sie dann 1942 nach Deutschland zurückgekehrt? Das wäre ja – das war ja Selbstmord. 1942!«

»Weil sich herausgestellt hatte, daß der alte Schmitt kein Jude war. Er hat nur Israel geheißen, eine Laune des Großvaters.«

»Eine komische Laune. Stellen Sie sich vor, Ihr Vater hätte Sie Israel getau ... also ... kann man überhaupt jemanden auf diesen Namen taufen? Wahrscheinlich eine heikle kirchenrechtliche Frage.«

»Die Familie ist dann mit einem neutralen Schiff von China nach Südamerika und von dort mit einem anderen neutralen Schiff, einem schwedischen wahrscheinlich, zurück nach Deutschland. Von dem Moment an, wo die jüdische Kolonie in Shanghai erfahren hat, daß Israel Schmitt kein Jude ist, haben ihn alle geschnitten. Auch finanziell ... wie man sich denken kann. Es ist ihm nichts anderes übriggeblieben, als nach Deutschland zurückzukehren.«

»Woher wissen Sie das alles?«

»Das steht in China-Schmitts Lebenslauf, und der liegt bei den Personalakten.«

»Sehen Sie; ich habe es doch gesagt: ein Schicksal. – Den Salat, Herr Ober, können Sie gleich wieder mitnehmen.«

China-Schmitt hatte das erste Mal ungefähr zehn Tage an dem Bild gearbeitet. Zum zweiten Anlauf brauchte er drei Wochen, zum dritten einen Monat. Die Büros rund um Montags-Meiers Büro wurden auf dem laufenden gehalten. Nur in China-Schmitts Gegenwart redete Montags-Meier natürlich nicht davon. China-Schmitt merkte nicht, daß über ihn geredet wurde. Einer wie China-Schmitt merkt nie, wenn über ihn geredet wird.

»Meine Schwiegermutter, Frau Pointvogel aus Pfarrkirchen«, berichtete Montags-Meier nach dem zweiten Anlauf, »meinte anfangs, als der China-Schmitt das Bild zum zweiten Mal brachte: sie ist ihr Mann, respektive ihr Mann sie. Sie verstehen? Ja – nein. Also: der Opa auf dem Bild hat jetzt eher ausgeschaut wie die Oma, nur mit sehr langen Ohren. Und die Oma hat auf dem Bild ausgeschaut wie der Opa, hat sogar einen Anflug von Vollbart gehabt. Aber das waren, hat China-Schmitt gesagt, die nachgedunkelten Schatten. Na ja. Die Brautjungfern beziehungsweise Nichten haben ausgeschaut wie Dackel und der Dackel demgegenüber wieder eher wie eine sehr kleine Wildsau. ›Das wird ja immer ärger‹, habe ich gesagt, und der China-Schmitt hat fast geweint. ›Lassen Sie es da, in Gottesnamen‹, habe ich gesagt, ›wer weiß, was herauskommt, wenn sie weiter daran herum –‹, ich hab fast gesagt: – pfuschen, habe es grad noch verschluckt, und statt dessen: ›– herumfuhrwerken‹ gesagt. Aber sogar das hat ihm einen Stich gegeben. ›Nein, nein!‹ hat er ausgerufen, ›Sie haben ja recht, ich sehe es selber. Geben Sie mir noch ein paar Photographien ...‹ aber wir haben keine mehr gehabt, man hat nicht so viel photographiert damals, und ›Wahrscheinlich habe ich die Schatten zu stark genommen‹ und so weiter. Meine Schwiegermutter, Frau Pointvogel aus Pfarrkirchen, die im Gegensatz zu mir schon leicht ungehalten war, hat gesagt: ›Und eins muß ich Ihnen schon sagen: so rot im G'sicht war ich als junge Frau nicht respektive Mädchen. Wie ein Indianer! Ich bitte!‹«

Das dritte Mal brachte China-Schmitt das Bild nur bis zur Wohnungstür. Zu läuten wagte er nicht mehr. Er lehnte es hin und schlich sich davon. Montags-Meier ging am nächsten Tag hinüber zu *Verkauf/Inland I* und stellte China-Schmitt. Alle wußten ja längst Bescheid aus Montags-Meiers Berichten. Aber Montags-Meier war kein Rüpel. Er wahrte die Form. »Kommen Sie bitte mit mir hinaus«, sagte Montags-Meier. China-Schmitt ging mit wie zur Hinrichtung.

»Er haut ihn zu Brei«, sagte der Azubi Knolte sachlich.

»Das glaube ich nicht«, sagte Frau Knecht, »ich fürchte eher, er droht ihm einen Prozeß an.«

Man lauschte.

»Schläge höre ich nicht«, sagte der Kollege Krumbholz.

»Vielleicht hat er ihn schon erwürgt«, sagte der Azubi.

»Dann kriegt der Montags-Meier lebenslänglich«, sagte Frau Knecht.

»Das kommt darauf an«, sagte Herr Krumbholz fachmännisch, »darauf, wie das Bild ausschaut. Wenn es wirklich *so* ausschaut, also – hm, dann kriegt er mildernde Umstände. Weil Affekt.«

Die Tür ging auf. Der China-Schmitt kam wieder herein. Den Kopf gesenkt ging er zu seinem Schreibtisch. Die Stimmung war eisig. Jeder wußte, daß der andere wußte ... Aber es wagte niemand etwas zu sagen. Nach der Mittagspause huschte Frau Knecht zum Montags-Meier hinüber. »Wie hat das Bild denn ausgesehen?«

»Irgendwo«, sagte Montags-Meier ernst, »hat alles seinen Schlußpunkt. Das habe ich ihm gesagt. Irgendwann, habe ich ihm gesagt, kommt der Moment, wo der Mensch den Humor verliert. Und, habe ich gesagt, jawohl, habe ich gesagt: und – wahrscheinlich können Sie auch gar nicht Chinesisch.«

»Und das Bild?« fragte Frau Knecht.

»Das Bild? Das Bild können wir höchstens aufhängen unter dem Titel: ›Inneres einer Geisterbahn‹. Die Großmutter sieht aus wie ein hypnotisierter Christus, der Großvater hat keine Haare mehr und gleicht eher einem Walfisch. Die Nichten sind blau und grün im Gesicht, und der Dackel sieht aus wie vier Wochen in Salzwasser eingelegt. Meine Schwiegermutter, Frau Pointvogel aus Pfarrkirchen, hat nach Luft geschnappt und nach Worten gerungen.«

Etwa eineinhalb Jahre danach machte Direktor Vogel eine China-Reise. Geschäftlich. Die unternehmerischen Beziehungen zu China hatten sich erfreulich entwickelt, außerdem fuhren alle in Direktor Vogels Bekanntenkreis in dem betreffenden Jahr nach China. »Wenn du heuer nicht in China warst«, hatte Frau Direktor Vogel mehrfach beim Frühstück fallenlassen, »dann kannst du dich praktisch gesellschaftlich nicht mehr blicken lassen. Sogar der Sohn von Gillingsens war schon in China, und der ist nur Filialleiter.« Über Hongkong – wo die Firma ohnedies eine Vertretung hatte, die bei dieser Gelegenheit inspiziert werden konnte – nach Kanton, Shanghai, Peking, auf dem Rückweg dann Japan, alten Geschäftsfreunden dort einen längst fälligen Gegenbesuch abstatten … der Aufsichtsrat hatte gegen die Übernahme der Kosten durch die Firma nichts einzuwenden, da die Chinesen, wie Direktor Vogel argumentierte, »mit einem Auftrag von einem Volumen, na, sagen wir vorsichtig: zwei Mi-o winken«. Die Kosten für Frau Vogel liefen so mit.

Ein paar Tage vor der Abreise, mitten in den hektischen Vorbereitungen zur großen Reise, erinnerte sich Direktor Vogel. »Fräulein Eckel!« schrie er, »kommen Sie einmal herein. Wir haben da doch – wer hat mir das nur erzählt? weiß nicht mehr; mein Gedächtnis läßt auch immer mehr nach –, wir haben einen im Betrieb, der kann Chinesisch.«

»Weiß ich nicht«, sagte Fräulein Eckel, die Chefsekretärin.

»Doch, doch – irgendwer hat mir das erzählt. Kann mich genau erinnern. Einer, der Chinesisch kann. Wenn ich nur wüßte, wer mir das erzählt hat. Beim Essen war es. Daran kann ich mich genau erinnern. Ich habe *Lachsschnitte* gegessen, das weiß ich noch. Aber wer mir das erzählt hat ...?«

»Einer der Chinesisch kann?« fragte Fräulein Eckel ungläubig.

»Jadoch«, sagte Direktor Vogel, »nur so eine Idee von mir. Das wäre womöglich nicht dumm, den Mann mitzunehmen. Wenn er schon Chinesisch kann.«

»Gaube ich nicht, daß es bei uns einen gibt, der Chinesisch kann«, sagte Fräulein Eckel.

»Doch, doch«, sagte Direktor Vogel, »fragen Sie doch einmal herum.«

»Ja, gut; war das alles?«

»Ja, danke.«

Fräulein Eckel fragte natürlich nicht herum – einem anderen eine Geschäftsreise nach China verschaffen! Praktisch drei Wochen Urlaub extra.

Aber Direktor Vogel ließ nicht locker. Zwar rückte er von dem Plan ab, »den bewußten Chinesen«, wie er sagte, auf die Reise mitzunehmen – »... viel zu teuer, außerdem: die sollen furchtbar empfindlich sein. Womöglich meinen die, wir mißtrauen ihren Dolmetschern ...« –, aber er wollte ihn doch gern vor seiner Abreise sprechen.

»Meier heißt er, glaube ich, oder Huber«, sagte Direktor Vogel.

»Oh je«, sagte Fräulein Eckel, im Großen und Ganzen aber jetzt zugänglicher für die Nachforschung.

»Ich weiß, ich weiß«, sagte Direktor Vogel, »könnte auch sein Müller oder Schmidt. Wenn ich nur wüßte, wer mir seinerzeit davon erzählt hat. Wissen Sie ... ich hätte von ihm ja nur gern gehabt, daß er mir die Schriftzeichen für *Herren* und *Damen* aufschreibt. Ich habe gehört, in China kriegt man dauernd Salat zu essen, und auf Salat ... Sie verstehen. Für alle Fälle. Könnte ja sein, daß man sonst in peinliche Situationen gerät.«

Am übernächsten Tag – die Abreise stand nun unmittelbar bevor – fiel Herrn Direktor Vogel ein, daß es Dr. Justen war, der ihm von »dem bewußten Chinesen« erzählt hatte. Dr. Justen war krank. Fräulein Eckel rief bei ihm zu Hause an. »China-Schmitt – Doppel-T«, röchelte der vergrippte Justitiar ins Telephon. Die weitere Nachforschung war dann nicht mehr schwer. Schon in der folgenden Mittagspause bekam Fräulein Eckel die Abteilung heraus, aber die Anfrage in der Personalabteilung ergab, daß China-Schmitt die Firma schon vor längerer Zeit verlassen hatte.

»Macht auch nichts«, sagte Direktor Vogel, »meine Frau hat von dem jungen Gillingsens einen Zettel bekommen, auf dem stehen die Schriftzeichen für *Herren* und *Damen*.«

Träumende Schulweisheit

Jeder kannte sie. Niemand wußte, wer sie war. Bei manchen galt sie als Hexe, zu Unrecht, wenngleich ihr Aussehen danach war. Wie alt sie war? Auch das wußte, wie nicht anders zu erwarten, niemand. Erst nach ihrem Tod wußte man, nämlich aus den Daten auf ihrem Grabstein, daß sie noch älter gewesen war, als man allgemein vermutet hatte.

Von Frau Hertha Robinitsch hingegen wußte man genau, wer sie war. Ihr erklärter Feind, der Uhrmacher und Sozialdemokrat Ringel, behauptete, sie heiße eigentlich gar nicht Hertha, sondern Slavka, und nicht Robinitsch, sondern Robinič, was zwar für die Aussprache des Namens keine Rolle spiele, was aber in der gewissen Zeit zwischen 1938 und 1945 unschön und unwillkommen gewirkt habe: »Robinič« über den Auslagen des Schuhgeschäftes, noch dazu in der Adolf-Hitler-Straße. Nach dem Mai 1945 hieß sie wieder Bahnhofstraße, aber Frau Robinitsch hieß weiterhin Robinitsch.

Herr Robinitsch lebte schon lange nicht mehr, oder besser gesagt, war schon lange tot – womit aber die Verwirrungen beginnen. Genauer wäre es, sagte man: Herr Robinitsch war seit Jahren nicht mehr da, wenn man es also mit diesem einfachen *da* bewenden ließe: nicht mehr *da*.

Obwohl, das muß wieder eingeschränkt werden: einen Grabstein gab es wohl. Er stand an bevorzugter Stelle am Friedhof, gleich neben den Gräbern der alteingesessenen Familien, wenn auch die Robinitschs (oder besser, so Ringel: Robiničs), wie man sich denken kann, keineswegs zu den alteingesessenen Familien gehörten. Die hießen, zum Beispiel, Ringel oder Perfler oder gar

Perffler mit zwei ff oder Freiherr von und zu Ramanuy, Herr und Landmann in Tirol – aber keinesfalls Robinitsch. Die vorzügliche Lage des Grabes hatte Frau Robinitsch erkauft. Auch gute, ja sehr gute Beziehungen zum Pfarrer spielten eine Rolle. Frau Robinitsch war sehr fromm, jedenfalls seit Mai 1945, wie Ringel tückisch flüsterte. Und Geld war da. Das Schuhgeschäft ging gut, war förmlich eine Goldgrube, das mußte selbst Ringel zugeben, dessen altvorderer Uhrenladen herzlich wenig abwarf.

Aber das Grab war leer. Daran bestand kein Zweifel. Die Inschrift lautete dementsprechend auch nicht »Hier ruht« oder »Hier erwartet die Auferstehung im Herrn …«, sondern

DEM ANDENKEN MEINES UNVERGESSENEN
UND TREUSORGENDEN MANNES
BODO ROBINITSCH
VERUNGLÜCKT AM 30. SEPTEMBER 1955

In Wirklichkeit, so Ringel, hat er natürlich *Boris* geheißen. Oder *Boleslav*. Aber sonst hatte Ringel an Herrn Robinitsch nichts auszusetzen gehabt. Niemand hatte eigentlich an Herrn Robinitsch etwas auszusetzen gehabt, denn im Geschäft regierte die Frau, die Firma hieß sogar nur »Hertha Robinitsch«, Bodo Robinitsch hatte nichts zu sagen und zu melden, weder im Haus noch gar im Geschäft. Selbst als Bodo Robinitsch noch *da* war, war er so gut wie nicht da, bot also selbst einem Ringel keine Angriffsfläche. Die einzige bevorzugte Stellung erhielt Robinitsch somit erst nach seinem Tod, und die hatte ja eigentlich auch nicht er, sondern nur sein Grabstein.

Fräulein Derk – sie legte Wert auf diese in ihren Augen und auch im allgemeinen Bewußtsein jener Bergbewohner ehrende Anrede – gehörte auch nicht zu den alteingesessenen Familien, schon weil sie überhaupt zu keiner Familie gehörte. Sie lebte – damals seit über dreißig Jahren – ganz allein in K. und kümmerte von Klavierstundengeben vor sich hin. Aber davon wäre sie eher verhungert, wenn sie nicht in ihrem eigenen Häuschen draußen an der ersten Kurve der Bahn gelebt hätte, das sie außerdem zum Teil vermietete. Sie war die einzige Frau in K., die öffentlich rauchte, und der einzige Bewohner der engstirnigen Stadt K., der eine Schildkröte hielt. Wahrscheinlich, so der giftige Ringel, der aber sonst Fräulein Derk nicht unfreundlich gesonnen war, die höchste Schildkröte der Welt, nach Meereshöhe gemessen.

Die Leidenschaft Fräulein Derks aber galt dem Spiritismus.

Daß Fräulein Derk unter den Einwohnern, namentlich den alteingesessenen solchen, als Hexe galt, hatte eigentlich keinen wirklich faßbaren Grund. In den wenigen, den sogenannten besseren Häusern, in denen Fräulein Derk Klavierunterricht geben durfte, beim Notar Lunderer etwa oder beim Apotheker Tolm oder beim Kohlenhändler Unger (der längst darüber hinaus war, eine Kohlenschaufel oder gar eine Kohle anzurühren; er verkaufte seine Ware en gros – und wird in den Verwirrungen um den Tod Bodo Robinitschs noch eine bedeutende Rolle spielen), in diesen wenigen Häusern also, in denen man aber infolge näheren Umgangs mit Fräulein Derk doch irgendwann irgend etwas in Richtung Hexerei Verdächtiges hätte bemerken müssen, ist nichts dergleichen bekanntgeworden. Dennoch. War es das Aussehen Fräulein Derks?

In Tirol, sollte man meinen, schreckt ein Aussehen wie das von Fräulein Derk wenig. In Tirol, sollte man meinen, ist man anderes gewohnt. In Tirol und nur in Tirol gibt es jene knorzzehigen Bäuerinnen, jene kürbiskröpfigen Sennerinnen, jene kaminwurzteuflischen Austräglerinnen, jene selbst in ihrer Jugend ruchranzigen Stutzdämoninnen, jene weiblichen Grantechsen, schmeißfliegenfarbigen Furzheuschrecken, die jeden, der nicht Tiroler ist, sofort in die Flucht schlagen, deren Anblick sofortigen Knieschwamm und lebenslange Traumata verursacht, von denen selbst inbrünstige Lourdes-Wallfahrten nicht befreien. Nichts davon eignete Fräulein Derk. Gut, sie war häßlich, alterslos faltig – aber gegen die drachischen Tiroler Ursaurierinnen ... Wahrscheinlich, weil sie eine Schildkröte hielt, ein in der Gegend um K. unerhörtes Tier, und weil sie in der Öffentlichkeit rauchte und weil sie nicht *von hier* war. Auch Robinitschs waren nicht *von hier*. Aber die hatten Geld, Fräulein Derk nicht. Ein entscheidender Unterschied.

Und, mag sein, der Spiritismus, von dem im Lauf der Jahre ab und zu etwas nach außen drang. Der Organist der Pfarrkirche, ein bibelfester, nach K. strafversetzter Junggeselle und gefürchteter (und somit auch geachteter) Viererschnapser war der heimliche Partner Fräulein Derks beim Tischrücken oder was immer an spiritistischer Praxis geübt wurde. Hartnäckig hielt sich auch das Gerücht, der Organist sei zudem der Geliebte der Klavierlehrerin.

»Da bügle ich gleich lieber die Schellen-Aß«, lachte der Organist – Peterlin hieß er – und spielte besagte Aß aus, von der eine blutwurstfarbene Borstensau die übrigen Spieler boshaft angrinste. Borstensau-Aß war grad Trumpf, und niemand konnte stechen, logisch. Aber das

Gerücht der amourösen Verbindung hielt sich noch lang. Weder Fräulein Derk noch den Organisten Peterlin kümmerte es. (Nach anderer Überlieferung hatte Peterlin gesagt: »Eher noch bügle ich die Schildkröte ..«)

Die Idee, hieß es, sei nicht von Bodo Robinitsch ausgegangen – dem, so Ringel, von seiner kratzigen Alten sozusagen verboten war, eine Idee zu haben – sondern von Pirmin Unger, dem flotten Kohlengroßhändler. Pirmin Unger war der einzige in ganz K., mit dem Robinitschs gesellschaftlichen Umgang pflegten, sofern man die Tatsache, daß Unger einmal in der Woche, höchstens zweimal, unangekündigt nach Ladenschluß und dem üblicherweise frühen Abendessen in Robinitschs über den Geschäftsräumen befindlicher Wohnung auftauchte und eine Stunde über die seiner Meinung nach entsetzlichen und zu immer Entsetzlicherem neigende Weltläufte zu plaudern. Er erhielt stets ein Glas sauern Rotweins, den er trank, und außerdem einen aus Frau Robinitschs Aussteuer stammenden Silberkorb mit Plätzchen hingestellt, von denen er nichts nahm. »Ein Erbstück«, hatte Frau Robinitsch einmal, ziemlich von oben herab, zum Uhrmacher Ringel gesagt. »Erbstück –«, lachte Ringel später, »wahrscheinlich die Kekse. So haben sie jedenfalls geschmeckt. Wenn sie doch den Silberkorb gemeint hat: dann insofern Erbstück, als ihn wahrscheinlich schon der Großvater gestohlen hat. In den Schluchten des Balkans, vermutlich.«

Die Anhänglichkeit, oder wie man es nennen soll, des Kohlengroßhändlers Pirmin Unger, der zur angestammten Bourgeoisie der Stadt K. zählte, zu den Neureichen und undeutlich herkünftigen Robinitschs beruhte nicht auf Seelenverwandtschaft, sondern auf der Tatsache, daß Robinitschs kein Telephon hatten. Das heißt: sie hatten schon ein Telephon, aber nur im Laden. Nach Ladenschluß klingelte es vergebens. Den Luxus eines Neben- oder gar Zweitanschlusses für die Wohnung hielt Frau Robinitsch für überflüssig, wenn nicht sündhaft. Saß man also oben im Wohnzimmer und läutete unten das Telephon, hörte man es nicht. Pirmin Unger war sohin bei seinen Besuchen bei Robinitschs nicht erreichbar, und Frau Unger konnte nicht um Mitternacht anrufen und fragen, ob ihr Mann nicht bald heimzukommen gedenke. Ihr Mann wäre zu der Zeit auch bei Robinitschs nicht mehr erreichbar gewesen, allenfalls bei einer gewissen Frau Rosa Kirschegger, relativ junge Kriegerswitwe, zu deren Wohnung Herr Pirmin Unger einen aufs sorgfältigste verwahrten Schlüssel besaß.

Aber nicht nur das Alibi verdankte Unger den Robinitschs, auch die Abwendung des Unglücks, das heißt: des Auffliegens des ehebrecherischen Gebäudes. Frau Unger war so dick wie einer der vier Pfeiler der hochgotischen, später barockisierten Pfarrkirche. Schon bei der Firmung der damals noch Maria Feyrsinger heißenden Dreizehnjährigen hatte der Bischof, Seine Exzellenz Andreas Rohracher, Fürsterzbischof und Primas Germaniae, gesagt: er habe geglaubt, er firme einen Walfisch, und er brauche jetzt einen Schnaps auf den fetten Anblick hin.

Aber Maria, genannt Moidi Feyrsinger war eine reiche Erbin, die Feyrsinger gehörten zu den angesehensten und alleruráltesten Ansässigen, und Pirmin Unger brauchte um die Zeit der Heiratsreife der Feyrsinger-Kugel dringend Kapital. Einige kühne geschäftliche Spekulationen so um 1930 herum hatten die Kohlenhandlung Unger dem Ruin nahe gerückt oder eigentlich schon etwas über den Rand des Ruins hinausgeschleudert. So wuchtete Pirmin die nicht nur mitgiftschwere

Feyrsinger ins Ehebett, und nur der Tod konnte ihn von der ehelichen Walze scheiden, denn die alten Feyrsingers, geizgichtig wie alle Alteingesessen in K., der bösen Stadt mit den eisernen Türschwellen, hatten notariell dafür gesorgt, daß die Kohlenhandlung fortan de facto und de jure ihr, Maria Unger geb. Feyrsinger, gehörte.

»Wenn man die Dicke sieht«, flüsterte Ringel hinter vorgehaltener Hand, »versteht man es ja, daß er … und so weiter.« In K. bleibt nichts lang verborgen. Auch zu Frau Unger schwappte die Gerüchtebrandung, und so griff sie von ihrem Spezialsessel aus zum Telephon und rief an einem bestimmten Mittwoch die Nummer 194 an, damals noch handvermittelt. Wenn man abnahm und die Kurbel drehte, meldete sich die Telephonistin vom Amt »194!« sagte Frau Unger. »Robinitsch?« fragte die Telephonistin. Sie kannte alle Nummern, kein großes Wunder bei weniger als dreihundert Anschlüssen. Frau Unger quetschte Luft durch ihr Fett in die Lungen und sagte: »Ja.« Aber die Telephonistin vom Amt wußte auch weiter Bescheid: »Das ist zwecklos. Der Laden ist längst zu, es ist elf Uhr vorbei, und oben hören sie's nicht.« »Ich will wissen«, quengelte die Unger mühsam, »ob mein Mann noch dort ist. Wie er immer behauptet.« »Na ja«, sagte die Telephonistin, »ich kann es ja probieren. Aber ich sage Ihnen gleich –« Natürlich hob niemand ab.

Frau Unger ließ seufzend einige Wochen verstreichen, dann hatte sich, von Argwohn genährt, soviel Energie durch ihr Fett hindurchgearbeitet, daß sie ihren Entschluß, bei Robinitschs nachzufragen, in die Tat umsetzte. Sie hätte natürlich untertags im Laden anrufen können, aber es war allgemein bekannt, daß die Telephonistin immer mithörte. (Woher hätte sie sonst solche Dinge wissen können wie, daß der Skihosenschneider Miegler über eine halbe Million Schilling Schulden bei einer Bank in Innsbruck hatte, und woher das blaue Auge des jungen Friseurmeisters und Juniorchefs Pauly rührte.) Frau Unger ließ sich also aus dem Stuhl heben, die Treppe hinauf half die – vorn vom Hausknecht gebremste – Schwerkraft. Ein Taxi brachte sie zum Schuhgeschäft Robinitsch.

Zum Glück (für Unger) war, obwohl er an und für sich dort nichts zu suchen hatte, Herr Robinitsch im Laden. Er wußte sofort, worum es ging, und versicherte, leicht klagend, daß sich die Besuche des Herrn Unger, im Grund genommen hochwillkommen, immer weiter in den Abend, ja in die Nacht hinein ausdehnten, und daß man oft schon müde sei; die große Wanduhr – auch ein Erbstück – schlage oft schon Mitternacht, da eröffne Herr Unger neue, interessante Ansichten zur Weltlage –

Leidlich befriedigt zog sich Frau Unger zurück. Der Transport der Alpensaurierin die Stiege des Hauses Unger hinauf war so schwierig, daß Frau Moidi auf die Wiederholung der Recherche verzichtete. Sie gab seitdem Ruhe.

Frau Robinitsch, zu der Zeit schon wieder bedeutend fromm, mißbilligte das Verhalten ihres Mannes. »Na ja«, seufzte sie Fräulein Derk gegenüber, »eine Krähe hackt der anderen eben kein Auge aus. Und die Kanaillen unterstützen einander gegenseitig. Aber! *Meinem* wird so was nicht gelingen.«

Das wußte Bodo Robinitsch. Er versuchte es gar nicht. Er beschränkte sich darauf, auf dem Balkon zu sitzen und seinem Kanarienvogel vorzupfeifen. Selten genug pfiff der Vogel nach.

»Wahrscheinlich«, sagte der Uhrmacher Ringel, »duldete die Alte den Kanari nur, weil er ein Männchen war. Ein Kanari-Weibchen –? Selbst darauf wäre die Alte eifersüchtig gewesen.«

Seiner Frau versprach Robinitsch, den Unterschleif das nächste Mal zu beichten, Unger aber, wie gesagt, vergaß ihn ihm nie.

Die Hauptstadt Tirols ist nicht Innsbruck oder gar Wien, sondern München. Das hören die Wiener nicht gern, aber das Oktoberfest ist eben näher als der Prater, und, nach den Begriffen der Tiroler, lustiger. Vor dem Krieg, als das Leben der Eheleute Robinitsch noch etwas beweglicher war, besuchten sie, auch mit den Kindern, das berühmte Fest, und Herrn Robinitsch war bei diesen Gelegenheiten sogar ein Rausch gestattet. Man schwärmte, zurückgekehrt, von dem ganzen Ochsen, der am Spieß dahinkohlte, von dem Riesenmaß der Bierkrüge, vom Toboggan, wo man den Mädchen unter die Röcke schauen konnte, von der Dame ohne Unterleib und den horrenden Enthauptungen beim »Schichtl« und was dergleichen Herrlichkeiten mehr waren. Krieg und Nachkriegszeit verhinderten das Oktoberfest, aber die Gloriole in Robinitschs Erinnerung hielt sich.

1955 wurde Bodo Robinitsch siebzig Jahre alt. Dem wurde wenig Bedeutung zugemessen. »Er ist es ja von allein geworden«, sagte die Alte. Aber Unger ergriff die Gelegenheit, sich zu revanchieren – und nicht nur das, wie man sehen wird. Es gab einen harten Kampf, bis Frau Hertha einwilligte, daß ihr Mann so einen überflüssigen Blödsinn mitmache. »Und was das kostet!« Nein, nein – Unger wolle alle Kosten übernehmen. Robinitsch, der liebe Freund Bodo, sei vollkommen eingeladen. Ein Geburtstagsgeschenk. »Und nächstes Jahr –?« Nein, nein, es sei als einmalig gedacht …

Es blieb, wenngleich aus anderen Gründen, einmalig. Kurze Zeit bestand die Gefahr, daß, wenn schon so etwas stattfinde, Frau Robinitsch mitfahre, aber dann siegte bei ihr, wie eigentlich erwartet, geschäftliche Erwägung: der Laden durfte nicht allein gelassen werden. (Daß Frau Unger mitfahre, war, wie aus vorangegangener Schilderung zu ersehen, jedenfalls ausgeschlossen.)

Am 27. September stiegen Unger und Robinitsch in K. in den Schnellzug, erreichten nach einmaligem Umsteigen München, erzielten zwei Gewalträusche und unternahmen am 30. einen Rundflug um die Landeshauptstadt. Das baufällige Flugzeug stürzte ab, brannte aus, nicht einmal soviel wurde im Dachauer Moos von den acht Insassen gefunden, daß man ein Begräbnis hätte veranstalten können.

Die Trauer der jeweiligen Witwen war größer als die Zuneigung zu Lebzeiten.

Fräulein Derk ging zwangsläufig – es gab keinen anderen Weg als durch die (wieder) Bahnhofstraße von der Stadt zu ihrem Häuschen – mindestens zweimal am Tag am Schuhgeschäft Robinitsch vorbei, einmal in die Stadt hinauf, einmal herunter, manchmal viermal, je nachdem, wieviele Klavierstunden sie gab.

Es war Mitte Oktober, der Herbst in K. hatte sich voll unter einem straffen, wenngleich blassen blauen Himmel entfaltet, die Lärchen standen als goldene Flammen in den dunklen Tannenhängen, oben auf den Gipfeln lag schon der Schnee, etwa bis zu den höchsten Höfen herunter, da trat, als Fräulein Derk, wie immer in tiefen Gedanken eher schlurfend als gehend, am Schuhgeschäft vorbeikam, Frau Robinitsch aus dem Laden heraus und redete sie an. Sie hatte schon die ganze Zeit gewartet, durch die Auslagscheibe nach draußen gespäht, wann Fräulein Derk von ihrer letzten Klavierstunde aus der Stadt herunterkomme. Frau Robinitsch trug Schwarz. »Seit sie Trauer trägt«, sagte der Uhrmacher Ringel, »sieht sie aus wie ein rußiges Krokodil.«

Ringel sagte noch andere Sachen. Er sagte: »Das Ganze kommt mir äußerst komisch vor.« »Was kommt dir komisch vor?« fragte der Organist Peterlin und spielte den Gras-Ober aus. »Das mit dem Robinitsch.« »Was soll daran komisch sein? Wer so blöd ist, in so ein gotteslästerliches Flugzeug zu steigen –« »Sie hat ihn umgebracht.« »Wer? die alte Robinitsch?« Peterlin hatte wieder gewonnen, sahnte ab, strich die Münzen ein (es wurde um kleine Groschen gespielt, vom Wirt und dem Gendarmerie-Posten-Kommandanten grade noch nicht als Glücksspiel eingestuft), der nächste setzte an zum neuerlichen Mischen, aber Ringel legte seine Hand auf die Karten.

»Einen Moment –! Aber ich habe Vermutungen. Ich war oft genug im Haus. Vier Standuhren. Alte Standuhren, alles Erbstücke, angeblich. Aber das ist an und für sich uninteressant an der Sache. Alte Standuhren. Wißt ihr, was das bedeutet? Nein. Keine geht richtig. Immer fehlt was. Am besten wäre es, man läßt sie überhaupt stehen. Als Dekoration. Waren aber das einzige – das Einzige! –, was die Alte ihm nachgesehen hat. Zwei Dinge haben ihn schier wahnsinnig gemacht: wenn ein Bild an der Wand schief gehängt ist, und eine Uhr nicht richtig gegangen. Erinnert ihr euch nicht? Mit dem Bild? Wie wir im Fünfundvierziger-Jahr die neuen Ausweise gekriegt haben, von der Besatzung, mußte auch der Robinitsch auf die Gemeinde. Durfte ja sonst kaum aus dem Haus, die Alte hat es nicht gestattet, aus Eifersucht – aber da ging es nicht anders. Und auf der Gemeinde ist der Robinitsch als allerserstes förmlich mit Gewalt hinter die Absperrung vom Schalter und hat alle Bilder gerade gerichtet. Das vom neuen Bundespräsidenten

Renner ist aber partout nicht exakt gerade geblieben, immer wieder in die schiefe Lage gerutscht. Da hat sich der Robinitsch einen Hammer und einen kleinen Nagel geben lassen und hat ihn unten links neben dem Rahmen fein eingeschlagen, quasi das Bild justiert.

Dann erst hat er sich den neuen Ausweis geben lassen.

Daheim, also in seiner Wohnung, ich war ja oft genug dort, hat jedes Bild, jedes! so einen zusätzlichen seitlichen Justiernagel gehabt. Gut, das war eine billige Marotte, da konnte die alte Geizhexe nicht gut was sagen. Bei den Uhren aber war der Robinitsch unerbittlich. Das war sicher das einzige. Sonst hatte absolut *sie* die Hosen an. Aber die Uhren hat er sich nicht nehmen lassen. Und deswegen war ich so oft dort, denn alle Hundschiß ist eine stehengeblieben oder hat falsch geschlagen oder was, und ich bin gerufen worden.

›Ja, ja, ach Herrjeh‹, und so fort, hat der Alte immer nur gejammert, höchstens. ›Sie haben's gut – ach ja, ach ja, das Leben ist ein Jammertal –‹ und so fort. Hatte wahrscheinlich recht aus seiner Sicht. Hatte *sicher* recht. Wenn ich fertig war, hat er dann gesagt: ›Gehen Sie hinunter zur Chefin, die zahlt.‹ Er hat nie ›meine Frau‹ gesagt, immer nur ›die Chefin‹. Und die hat dann unten zwar die Kasse aufgemacht, aber gleich auch zu jammern angefangen: ›Was kostet das wieder? 35 Schilling? Der bringt mich noch ins Armenhaus –‹ und so fort. Und, wenn niemand sonst im Laden war, leise: ›Wenn ich Ihnen klagen sollte, lieber Herr Ringel, ach Gott, ach Gott, warum ich *diesen* Menschen geheiratet habe!‹ ›Sie werden ihn halt‹, habe ich gesagt, ›wenn Sie den Ausdruck erlauben, geliebt haben, seinerzeit.‹ ›Ich *den* geliebt? *den* geliebt? Wenn *Sie* wüßten! wenn *Sie* eine Ahnung hätten! Sei still, mein Herz, und singe!‹ Hat aber nicht gesungen, weder die Robinitsch noch das

Herz, hat nur weitergekrächzt: ›Wenn mir *ein* Mensch sagen könnte, warum ich diesen Menschen durchfüttere! Und was der frißt! Schon am hellichten Vormittag muß der Leo – das ist der Lehrbub – vier Schaumrouladen in der Konditorei holen – ein überflüssiger Mensch, dieser Robinitsch, taugt für nichts. Neulich hat er sogar heimlich in der Lotterie gespielt, um acht Schilling! Natürlich nicht gewonnen –‹ Und so fort. Ächzend hat sie dann meinen Lohn aus der Kasse geklaubt mit ihren krummen Fingern.

Der alte Robinitsch, sage ich euch, hatte nur *eine* Aufgabe: die Zeugung der Kinder. Nach Abschluß dessen war Sense. Am liebsten hätte sie ihn wahrscheinlich schon damals umgebracht. Wie bei den Bienen und so fort. Daß der Sohn im Krieg gefallen ist, gleich am Anfang: eine Strafe des Himmels für die Alte. Und daß die Tochter in Salzburg, was man so hört – und so fort – na ja. Kurz und gut. Ich bin überzeugt: die hat ihn umgebracht.«

»Und *wie?* Du spinnst doch. Hat sie das Flugzeug abgeschossen? Und den Unger auch umgebracht haben?«

»Der Unger war nur ein Abfallprodukt, sozusagen. Den hat sie in Kauf genommen. *Wie?* Wahrscheinlich den Piloten bestochen.«

»Aber der ist doch selber umgekommen dabei.«

»Ja – irgendwie wird sie es schon gemacht haben. Irgendwie.«

»Na ja«, sagte Peterlin, »meinetwegen. Aber ich würde so Sachen an deiner Stelle nicht herumposaunen. Sonst hast du sofort einen Beleidigungsprozeß von der Alten am Hals. Und jetzt gebt's das nächste Spiel.«

Anders verlief das Gespräch in der Bahnhofstraße.

»Fräulein Derk?!«

Fräulein Derk erschrak, tauchte aus ihren tiefen Gedanken herauf und schaute Frau Robinitsch mit ihren außerordentlich großen, fast pferdeartigen Augen an.

»Fräulein Derk, könnten Sie einen Moment hereinkommen?«

Sie führte Fräulein Derk (unter Zurückklappen eines dafür vorgesehenen Teiles des Ladenbudels) nach hinten in das sogenannte Büro, das zwar abgeschlossen war, von wo aus man aber durch eine Scheibe den Laden überblicken konnte. Leo wischte Staub. Kunden waren grad keine da.

Frau Robinitsch setzte sich und deutete auf den anderen Sessel.

»Danke«, sagte Fräulein Derk, »darf ich mir eine Zigarette anzünden?«

»Bitte«, sagte Frau Robinitsch, »und .. ich weiß nicht, wie ich anfangen soll. Es ist eine gewissermaßen vertrauliche Angelegenheit. Und *Sie* verstehen doch was davon. Hört man.«

»Wovon etwas verstehen?«

Frau Robinitsch senkte ihr Stimme. »Glauben Sie an Geister?«

Fräulein Derk antwortete mit dem bekannten Shakespeare-Zitat; sie war gebildet, auch das hob sie von den Alteingesessenen ab, und fügte hinzu: »Es ist aber schon komisch. Ich kenne viele Leute, die Leute kennen, die ein Gespenst gesehen haben. Aber ich kenne keinen, der selber eins gesehen hat.«

»Sie sagen selber: es gibt mehr Dinge, et cetera. Es war ein Unglück, daß wir die Birke vor dem Haus fällen haben lassen, während Norbert schon eingerückt war.« Norbert war Robinitschs einziger Sohn gewesen. »Es war der Lieblingsbaum Norberts. Wir hätten es nicht tun sollen.«

Fräulein Derk sagte nur: »Hm.«

»Und wie er, exakt ein Jahr nach dem Fällen in Finnland von den Russen erschossen worden ist, es war an einem siebzehnten März ...«, sie wischte ein paar, vermutlich sogar ehrliche Tränen ab, »... er hat sich gemeldet.«

»So was kommt vor«, sagte Fräulein Derk möglichst nüchtern, denn die Sentimentalität des rußigen Krokodils war ihr peinlich.

»Es hat noch einmal geschneit gehabt. Und es hat geläutet, unten am Haus, wie wir beim Abendessen waren, und der Robinitsch ist schauen gegangen, und es war niemand da, auch, hören Sie! keine Spuren im frischen Schnee weit und breit. Vielleicht –«, sie schnupfte noch einmal auf, »– vielleicht hat er in seiner Todesminute an seine Mutter gedacht.«

»Oder an den Vater«, sagte Fräulein Derk.

»Nein!« Die Tränen waren wie weggeblasen. »Warum hätte er an seinen Vater denken sollen? Mein Gott, warum ich den überhaupt geheiratet habe!«

»Aber die Sache ist fünfzehn Jahre her. Wieso soll ich etwas heute noch davon verstehen –«

Frau Robinitsch rückte ihren Sessel zurecht. »Ich meine nicht den Norbert. *Er* hat sein Sonntagsgebiß geholt.«

»Wer –? was?«

»Der Robinitsch, natürlich.«

»Aber Ihr Mann ist doch mit dem Flugzeug abgestürzt, und –«

»Eben.« Sie sprach leise und düster: »Brauchen die ... die *drüben* ihr Gebiß?«

»Darüber habe ich noch nicht nachgedacht. Aber – wie geholt? Wieso geholt?«

»Er hat seit Jahren Zahnprothese getragen. Oben

und unten. Weil er sich natürlich in seiner Jugend nie die Zähne geputzt hat. Hat immer Mundgeruch verbreitet –«

»Ja – aber wieso geholt? und wie?«

»Er hatte zwei Gebisse, ein älteres, das war schon gelblich, das hat er werktags getragen, und ein besseres für die Feiertage. Und das hat er, wenn man so sagen kann, hinterlassen. Ich weiß ja nicht, was ich mit dem Zeug anfangen soll. Aus Pietät wollte ich es nicht sofort wegwerfen. Es ist in einem Glas gelegen, im Wasser, am Waschtisch. Und jetzt ist es weg.«

»Seit wann?«

»Seit vorgestern.«

»Sind Sie sicher, daß es nicht irgendwie anders – daß nicht jemand anderer –?«

»Es kommt niemand anderer ins Schlafzimmer, gar nicht in die Wohnung.«

»Ist eingebrochen worden? fehlt sonst noch was?«

»Alle Fenster, alle Türen zugesperrt. Da gebe ich genau acht. Und es fehlt auch sonst nichts. Und ein Gebiß stehlen –?«

»Merkwürdig.«

Frau Robinitsch rückte näher an Fräulein Derk. Die Angst flackerte jetzt ganz hinten in den Augen: »Meinen Sie, Fräulein Derk, *er geht um?*«

Fräulein Derk zündete sich, ohne weiter zu fragen, noch eine Zigarette an. Nachdem sie ein paar Rauchkringel in die Luft geblasen hatte, sagte sie: »Hm. Es gibt Dinge ... und so weiter. Und, wenn ich mir die Bemerkung erlauben darf, Sie sagen ja selber: es war nicht die beste Harmonie zwischen Ihnen und Ihrem Mann ...«

»Er rächt sich. Der Kerl will jetzt *mich* quälen.«

»Haben Sie *ihn* denn gequält?«

»Gequält?! gequält? Ich hab ihn viel zu gut behandelt. Wenn Sie wüßten, was der sein Leben lang gegessen hat –«

»Schon gut, Frau Robinitsch, nur: was soll *ich* in der Sache tun?«

»Könnten Sie … wäre es Ihnen möglich … es ist mir, ehrlich gesagt, schon unheimlich, bin ja ganz allein im Haus – könnten Sie sich denken, daß Sie, vielleicht nur für ein paar Tage, oder besser gesagt, Nächte, zu mir ins Haus ziehen? Sie können das Zimmer von der Tochter haben, steht eh leer, nur, daß Sie aber bitte die Tür offen lassen …«

So zog Fräulein Derk – noch am gleichen Tag – ins Haus Robinitschs. Die Sache, das muß gesagt werden, hatte sie selber zu interessieren begonnen. Aber es passierte nichts, mehrere Tage lang nichts. Selbst Frau Robinitsch neigte schon dazu, das Verschwinden des Sonntagsgebisses auf natürliche Ursachen zurückzuführen (»– vielleicht haben Sie es doch, ganz in Gedanken an etwas anderes, weggeworfen«, sagte Fräulein Derk), und Fräulein Derk wollte schon in ihr eigenes Haus zurückkehren, morgen, denn sie könne, sagte sie, die Schildkröte nicht so lang allein lassen, da passierte es in jener letzten Nacht.

Fräulein Derk wachte mitten aus einem Traum auf, in dem sie auf einem Dampfer durch einen Tunnel fuhr, und die Dampfersirene heulte fürchterlich; die Sirene war die Stimme der alten Robinitsch. Sie stürmte ins Zimmer, in dem Fräulein Derk schlief, heulte noch stärker auf, als sie Fräulein Derk mit aufgelösten Haaren im Bett sitzen sah. Fräulein Derk sah, was bei dieser Gelegenheit zum ersten Mal offenkundig wurde, wie eine dämonische Haarrübe aus. Frau Robinitsch, ohnedies in Panik, erkannte sie nicht gleich.

»*Ich* bin's, Frau Robinitsch!« schrie Fräulein Derk.

»Fräulein Derk?! Wie kommen *Sie* da herein? Ach so ... ach ja ...« Sie heulte. Fräulein Derk drückte die Alte an sich, die ein dickflanellenes Nachthemd trug und ein streng geknotetes, geblümtes Haartuch.

»Was ist denn, Frau Robinitsch, ist es ...?«

»Ja. Er war wieder da.«

»Und?«

Nach einiger Zeit – Fräulein Derk verabreichte Baldriantropfen – war die Alte soweit, daß sie erzählen konnte.

»Die Tür ging auf. Es hat gestunken. Ich habe seine Schritte gehört; kenne ja seine Schritte. Es hat gestunken –«

»Nach Pech und Schwefel?«

»Nicht direkt, nein, nicht direkt. Anders. Aber gestunken. Und er hat gegrunzt wie ein Schwein. Ich sage Ihnen – er hat zu mir hergegrunzt. Ich habe sofort alle vierzehn Nothelfer angerufen und die Tuchent über den Kopf gezogen. Dann hat er gepfiffen.«

»Hat er Sie angerührt?«

»Nein, nur gepfiffen, fürchterlich gepfiffen. Ich habe es naturgemäß nur undeutlich gehört, weil unter der Tuchent, dann hat er herumgepoltert und dann gelacht, fürchterlich gelacht.«

»Gesagt hat er nichts?«

»Nein, gesagt nichts, und dann ist er, dem Herrn im Himmel und allen Heiligen sei Dank, davon.«

»Durch die Tür? oder verschwunden? wie ein Nebel oder was?«

»Habe ich ja nicht gesehen unter der Tuchent.«

Nach einiger Zeit, in der Fräulein Derk die Alte umschlungen hielt und in der alles still blieb, schlichen die beiden Frauen vorsichtig ins Schlafzimmer. »Gehen Sie voraus, Fräulein Derk!«

Fräulein Derk machte das Licht an.

»Herr Jesus im Himmel«, fauchte die Alte. Alle Schränke standen offen, alle Schubladen, alles. Alles durchwühlt, alle Wäsche und alles sonst herausgeworfen und am Boden verstreut.

»Fehlt was?« fragte Fräulein Derk.

»Jedenfalls«, sagte Frau Robinitsch, »fehlt sein dicker Überzieher, der mit den Bisamfellen gefüttert ist.«

Fräulein Derk schnupperte. »Nein – nicht Pech und Schwefel. Es riecht nach Schlamm, nach Moor.«

»Richtig –«, auch Frau Robinitsch schnupperte, »– klar. Das Flugzeug ist ins Moor abgestürzt. Draußen in München. Oder bei München.«

»Ins Moor«, sagte Fräulein Derk nachdenklich, »richtig: ins Moor.«

Von dieser Nacht an schlief Frau Robinitsch im Zimmer bei Fräulein Derk, und es war keine Rede mehr davon, daß diese heimkehrte; vielmehr wurde die Schildkröte ins Haus Robinitsch geholt.

Es passierte wiederum mehrere Tage nichts. Dennoch verging die alte Robinitsch vor Angst. Jedes kleinste Geräusch ließ sie aufschreien, im Laden war sie fast nie mehr. Lehrling Leo verkauft die Schuhe zu Preisen nach seinem Gutdünken, so wie er die Aufschriften auf den Schachteln mehr schlecht als recht lesen konnte. Langsam sickerten Gerüchte durch die Stadt, obwohl Fräulein Derk nichts (noch nicht) weitererzählte. Aber die Verstörung der Robinitsch blieb nicht verborgen.

Nach den paar Tagen, an denen nichts passierte, erklärte Fräulein Derk, daß es ganz sinnlos sei, sich in Angst zu verzehren, zu erstarren wie das Kaninchen vor der Schlange. Man müsse, so wörtlich, »das Gesetz des

Handelns an sich reißen«, auch im Bereich des Übersinnlichen.

»Rechnen Sie einmal nach: wann war es, daß er sein Sonntagsgebiß geholt hat?«

»Elf Tage nach seinem Tod.«

»Und wann ist er das zweite Mal gekommen?«

Die Robinitsch rechnete: »Tatsächlich. Wieder elf Tage danach.«

»Elf ist eine unheilige Zahl«, sagte Fräulein Derk. »Das Dutzend nicht voll. Die Apostel ohne Judas. Die erste zweistellige Primzahl. Die freche Zahl, die die urheilige Eins in Anmaßung verdoppelt. Das erste Mal am 11. Oktober, das zweite Mal am 22. Heute ist der 2. November. Wieder elf Tage.«

»Heilige Anna Selbdritt – unser Hochzeitstag.«

»Und Allerseelen – wir werden nicht warten, bis er kommt: wir *rufen* ihn. Und fragen ihn, was er will.«

»Ob das gutgeht?«

Fräulein Derk nahm das große Kreuz mit dem Elfenbein-Christus von der Wand – auch ein Familienstück – und drückte es der Alten in die Hand. »Hier. Und *ich* nehme das Kreuz, das meine Mutter in der Sterbestunde gehalten hat. Kann das der Leo holen? Es liegt in der Schublade unter dem Fenster rechts –«

Das Kreuz krampfhaft an die Brust gepreßt, ständig einen Rosenkranz küssend, eine geweihte Kerze entzündet, zitterte die alte Robinitsch in ihrem Bett. Alle Lichter waren gelöscht, nur die Kerze flackerte. Draußen heulte der erste Wintersturm durch die Straßen der bösen Stadt.

Fräulein Derk drückte ihre Zigarette aus, nahm ihr Kreuz und begann zu rufen: »Bodo Robinitsch, kannst du mich hören? Bodo Robinitsch, wenn du mich hören kannst, befehle ich dir: erscheine!«

»Was?!« kreischte die Robinitsch dazwischen, »seit wann sind Sie mit meinem Mann *per du?*«

»*Sind* Sie doch ruhig, wo hat man gehört, daß man einen Geist mit *Sie* anredet.«

Es dauerte nicht lang: ein Geräusch.

»Herr Jesus Barmherzigkeit«, flüsterte die Alte, »er steckt den Schlüssel ins Schloß. An der Hintertür.«

Fräulein Derk erhob ihre Stimme um eine Terz und fuhr in ihrer Beschwörung fort.

Tappende Schritte unten. Türen knarrten.

»Er kommt, scheint's, nicht herauf, diesmal«, ächzte Frau Robinitsch.

Man muß es ihr lassen: Mut hatte sie, die Klavierlehrerin Lilly Derk. »Dann gehen wir«, sie faßte ihr Kreuz fester, »hinunter –«

Sie machte Licht im Stiegenhaus – da krachten und klapperten die Türen unten, ein Schatten huschte, Fräulein Derk schleuderte ihm noch ein paar Beschwörungen nach, dann schlug die hintere Haustür zu, und alles war wieder still.

Schweißgebadet gingen die beiden Frauen nach einiger Zeit ins Bett. Aus den entsetzlichsten Träumen wachte die Robinitsch am nächsten Tag auf. Mit fast noch größerem Entsetzen stellte sie fest, daß aus der Kassa tausendfünfhundert Schilling fehlten, eine für damalige Verhältnisse nicht unbeträchtliche Summe.

Nun hielt es Fräulein Derk an der Zeit, Hilfe zu holen. Sie vertraute die Sache dem Organisten Peterlin an. Peterlin glaubte zwar eher, daß die Robinitsch hochgradig hysterisch sei, als daß es da ein Gespenst gäbe, vielleicht peinigt sie doch – mit Recht – das schlechte Gewissen über die Behandlung, die sie ihrem Mann angedeihen hatte lassen, und das, was Fräulein Derk miterlebt habe, sei ein schlichter Einbrecher gewesen, aber dennoch hielt er es für geboten, den Pfarrer zu unterrichten.

Der Pfarrer war eher geneigt, »unerklärliche Zusammenhänge«, wie er sagte, anzunehmen, und so kam, nach wenigen Tagen schon, Monsignore Don Antenor Garrapata aus Salzburg. »Spanier«, sagte der Pfarrer, »der angesehenste Exorzist der ganzen Diözese. Soll sogar dem Opus Dei angehören.«

Monsignore Garrapata kam mit einem hübschen, schwarzhaarigen Knaben. Er selber war ein bürstenhaariges Zwetschgenmännchen mit dicken Augengläsern. Er piepste in gebrochenem Deutsch, kassierte eine nicht unbeträchtliche Summe, »freiwillik, fire gutes Zewecke«, und stellte zunächst fast etwas wie ein Verhör mit der alten Robinitsch an.

»Wiehe ware seine Lepenswantel?« fragte er.

»Ach, Hochwürden, *dieser* Mensch, wenn mir einer sagen könnte, warum ich den geheiratet habe –«

»Also in Helle?«

»Wo? Selbstverständlich in der Hölle. Das Fegfeuer ist viel zu gut für den. Wenn *der* nicht in der Hölle ist, möchte ich nicht in den Himmel kommen.«

»Versündigen Sie sich nicht, Frau Robinitsch«, warnte Fräulein Derk.

»Weil es doch wahr ist!« fauchte die Robinitsch. Bei Tag war auch sie mutig.

»Gutt«, sagte der Monsignore, »also.« Er hieß alle das Haus verlassen, ließ sich die Schlüssel geben, der Knabe schwenkte das Weihrauchfaß, der Monsignore sperrte von innen ab, auch den Laden. Die beiden Frauen und Leo, der Lehrling, schauten von der anderen Straßenseite zu. Sie sahen, soweit Einblick war, den Monsignore weihwasserwedelnd und heftig gestikulierend, dem Chorknaben voraus, durchs ganze Haus gehen.

Nach einer Stunde kam der Monsignore heraus, gab die Schlüssel zurück, verpackte seine Utensilien und sagte: *den* Teufel wolle er sehen, der sich jetzt noch in dieses Haus wage.

Elf Tage danach – zur Vorsicht schlief Fräulein Derk immer noch im Haus – scharrte es wieder, leise, diesmal. Die Tür zu Fräulein Derks Zimmer sprang auf. Sie schoß im Bett auf, machte das Licht ...

»Er war es«, sagte sie am nächsten Tag dem Peterlin und dem Pfarrer, die eilig gerufen wurden, »er schaute fürchterlich aus. Die Haare wirr, einen Bart wie Draht. Er stank nach Moor, aber er war es. Im Überzieher mit dem Bisamfutter. Hatte den Überzieher offen – und Augen wie Feuer.« Er brüllte etwas, was wie »Höllteufel« klang, als er die haarige Rübe im Bett sah, und schlug die Tür wieder zu. Die alte Robinitsch hatte, zu ihrem Glück, alles verschlafen. Und das Gespenst nahm diesmal den Kanarienvogel samt Käfig mit und zwei Paar Schuhe.

»Ich habe mir gleich gedacht«, sagte Peterlin, »daß so ein studierter Blindschleich nichts ausrichtet, der mit dem Schnellzug kommt. Es ist wie mit der Gesundheit. Wenn die gelehrten Doktor nicht mehr weiterwissen, geht man zu einem Naturheilkundigen. Man hätte gleich den Pater Columban rufen sollen.«

Pater Columban kam zu Fuß aus dem Kloster Unserer Lieben Frauen Hinter den Wurzkrotten. Er war schätzungsweise zwei Meter groß, seine Tonsur umwehten rote Borsten. Er schüttelte von seinem sperrholzartigen Umhang den Schnee. Seine Kutte roch stark landwirtschaftlich. Trotz der Winterzeit kam er barfuß in Sandalen: Zehen so groß wie Kartoffeln, auch von ähnlicher Farbe. Einen Bart wie ein brennender Bettvorleger.

Seine – eher folkloristischen – Exorzitialgerätschaften hatte Pater Columban in einem Rucksack bei sich, wie ihn die knorrigen Helden der Vorzeit getragen haben mögen, und er verwies niemand aus dem Haus. Dennoch zogen es Fräulein Derk, die Robinitsch und Leo vor, die Dinge von außen zu betrachten, von einer kleinen Anhöhe gegenüber. Auch Peterlin hatte sich eingefunden und zuletzt eine beträchtliche Menge Passanten, denn es hatte sich herumgesprochen.

Pater Columban nahm eine Prise Schnupftabak (»Marke Bärentod«, bemerkte Peterlin) und fing an. Man hörte nur die Stimme des Paters, nicht die Wörter, die er schleuderte. Die Stimme war von der Urgewalt dinosaurischer Todesschreie. Die Stimme war von chthonischer Gigantdimension, von der alles hinwegwehenden Kraft tosender Herbststürme, denen selbst Findlinge in karstigen Hochtälern nicht widerstehen. Und die Flüche, die Pater Columban (NB! in der Kehl-Sprache, die man in dem Tal hinter den Wurzkrotten polterte) um sich donnerte und deren Wortlaut man zum Glück nicht verstand, waren von einer Wucht, die nur mit akustischer Sintflut zu vergleichen war. Es waren Urtiroler, ja urrätische Flüche dabei, die direkt aus den tiefsten Wurzeln der geheimsten Gletscherklüfte heraufquollen. Ein alpenländischer Vulkan an Flüchen, eine Lava aller Fluchflüche, die je beleidigte Nörggel-Kelten ihren Feinden entgegengeschleudert hatten. Der Organist Peterlin behauptete später steif und fest, das Robinitsch-Haus habe sich am Höhepunkt des Exorzismus leicht nach außen gebläht, und Leo der Lehrling wollte einen talgfarbenen Vogel von der Größe einer Kuh aus dem Kamin flitschen gesehen haben.

Der Pater kam danach schweißnaß, aber fröhlich heraus, sagte weiter nichts als: »So«, nahm dankbar eine Brotzeit entgegen und marschierte wieder davon.

Tatsächlich war von da an Ruhe.

Von K. aus in etwa nördlicher Richtung erstreckt sich ein Hügelzug, der – bis er in den siebziger Jahren dem Fremdenverkehr und einem Steinbruch geopfert wurde – ein wenig bewohntes Moorgebiet von unnennbarer Schönheit war. Nur einige einschichtige Bauernhöfe standen auf den trockeneren Anhöhen, und weiter vorn, hinter dem ersten Waldstück, lebte der alte Stecher. Der alte Stecher – niemand wußte, wie er wirklich hieß – lebte davon, daß er Torf stach, mühevolle Arbeit, die Torfziegel trocknete und als Brennmaterial verkaufte. Sein Hauptabnehmer war das inzwischen längst zugrunde renovierte, damals schon altväterliche Moorbad in K., in dem die Bauern versuchten, ihre gichtigen Glieder zu kurieren.

Man wußte nicht nur nicht, wie der Stecher eigentlich hieß, man wußte auch nicht, wie er aussah, denn er war so torfschwarz, daß er gar keine, wenn man so sagen kann, optische Innenstruktur hatte. Er sah aus wie ein schwarzer Klecks von zufällig menschlicher Kontur. Früher hatte es auch eine Stecherin gegeben, die hatte genauso ausgesehen wie er, war aber damals schon viele Jahre tot. Wenig hinter der Keusche des Stechers und dem Torfstich lag auf einem Hügel der Steuerberger-Hof, der einem eigensinnigen Einbein (Kriegsverwundung) gehörte, den später der Größenwahn ergriff und der aus seinem Hof ein Hotel machen wollte und bald auf die Gant kam, wie man den Bankrott in jener Gegend nennt. Das war aber Jahre später. Damals war die Steuerbergerin berühmt für ihr Geselchtes, nach Kennermeinung das beste weitum. Nur handverlesener Kundschaft wurde davon abgegeben, der Organist Peterlin gehörte dazu.

So stapfte Peterlin, um seinen Junggesellenhaushalt für die Feiertage angemessen zu versorgen, am Tag vor Heiligabend hinaus und hinauf, beim Stecher vorbei, durch den tief verschneiten Wald zur Steuerbergerin, kaufte gehörig Geselchtes, bekam als Dreingabe einen Schnaps, selbstgebrannt, Geschmacksnote Petroleum (nur eine Tiroler Kehle hält so was aus), und machte sich gegen drei Uhr wieder auf den Weg nach Hause.

Um drei Uhr am 23. Dezember ist dort oben zwischen den Bergen schon finstere Nacht, aber der Schnee leuchtete, ein leichter Wind wehte silbrigen Glanz herum, der wie Nebel zwischen den Fichten hing. Ein paar Krähen flogen auf, wenn sie Peterlins Schritte hörten, knirschend im beinharten Harsch. Peterlin bog im Wald um eine scharfe Wegbiegung und stand vor ihm.

Er schwor später, daß er durchsichtig gewesen und etwa drei Handbreit über dem Boden geschwebt sei. Die grauen Nebelschlieren seien durch ihn hindurchgeweht. Er habe zerrauft ausgesehen, lange zottelige Haare habe er gehabt und einen struppigen Bart. Aber er sei es gewesen, unverkennbar: der tote Bodo Robinitsch. Keine drei Meter dazwischen. Der Robinitsch oder vielmehr: der Geist habe gelacht, habe den Finger auf den Mund gelegt und »Psst!« gesagt, dann habe er sich davonwehen lassen.

So der Peterlin noch am gleichen Abend in der »Sonne« beim Viererschnapsen.

»Davongeweht?« fragte der Ringel.

»Quasi«, sagte der Peterlin.

»In Richtung zur Hütte vom Stecher?«

»Richtig«, sagte Peterlin, »wieso weißt du das?«

»Habe vermutet«, sagte Ringel und spielte aus.

Ringel hatte schon länger und schärfer vermutet. Ihm als einzigem war aufgefallen, daß um die Zeit des Todes von Robinitsch und Unger auch jene Frau Witwe Kirschegger verschwunden war.

Es war eine bislang unbekannte Schwester der Kirschegger gekommen, hatte schnell den Hausstand aufgelöst: man wandere aus, nach Canada oder so wohin. Niemand in K. hatte Näheres wissen wollen, man war froh, die Unmoralbeule los zu sein. Und außerdem ging Ringel von der Prämisse aus, daß es keine Gespenster gibt, also die ganze Sache Robinitsch-Erscheinung anders erklärt zu werden hatte. Nun machte ihn die angebliche Erscheinung von Robinitschs Geist auf ein neues stutzig.

Er dachte noch eine Zeitlang nach, dann stieg er, am dritten Weihnachtstag, zum Stecher hinauf, klopfte an die Tür der niedrigen Hütte und trat ein.

Am Tisch saß der Stecher, neben ihm Robinitsch. Seitlich stand der Käfig mit dem Kanari.

»Aha«, sagte Ringel.

Und nachdem er geschworen, daß er niemandem etwas verraten werde, erzählte Robinitsch. Schon in Wörgl sei Frau Kirschegger zugestiegen. Unger habe in München unheimlich auf den Putz gehauen. Einmal hätten sie in einem Lokal sogar so ein rotes Vieh aus dem Meer gegessen. Und Champagner getrunken. Die Kirschegger habe ein Kleid angehabt, so tief ausgeschnitten, daß ein Säugling gleich trinken hätte können. Damit daheim nichts aufkommt mit Passagierliste und so, habe pro forma er, Robinitsch, den Flug für sich und Unger gebucht, aber mitgeflogen sei natürlich die Kirschegger. Und mit abgestürzt. Er, Robinitsch, habe natürlich gewußt, daß er dann für tot gilt, hat alles in der Zeitung gelesen. Er hat sich ausgemalt, wie seine Alte erschrickt, wenn er wie ein Gespenst daheim auftaucht, hat aber dann den Gedanken weitergesponnen und sich überlegt: die Chance von seiner Frau loszukommen, komme nicht so schnell wieder. So sei ihm der Stecher eingefallen. Der sei zwar auch zunächst vor dem Gespenst erschrocken, habe aber dann dem ganzen Handel zugestimmt, sei froh, eine Unterhaltung zu haben. Außerdem: ab und zu hole er, Robinitsch, Geld aus der Kassa. Die Hausschlüssel habe er ja noch. Allerdings solche Witze wie früher mache er nicht mehr. Das sei doch zu gefährlich. Zwar sei es schön, die Alte zu schrecken, aber der Friede hier sei ihm doch lieber.

Die Beschwörung durch die Derk? Reiner Zufall; und elf Tage immer? tatsächlich? Robinitsch lachte; reiner Zufall. Und daß der Nebel durch ihn hindurchgeweht habe? Wahrscheinlich Schreckphantasie des Peterlin. Nur ... er habe ja nicht gewußt, daß die Derk im sonst leeren Zimmer der Tochter schlafe. Wie er die Derk, schon bei Tag häßlich wie die Nacht, mit aufgelösten Haaren im Bett gesehen, habe er seinerseits an ein Gespenst geglaubt. Habe sich aber schnell gefaßt – übrigens habe sich die Sache mit dem Exorzismus bis zum Stecher herauf durchgesprochen. Er, Robinitsch, habe mit dem Stecher zusammen, gut getarnt, aus der Entfernung dem Auftritt zugesehen, habe dem klobigen Pater dadurch neue Reputation verschafft, daß er danach nicht mehr *erschienen* sei –

Der Stecher lachte während Robinitschs Erzählung lauthals in sein ohne Zweifel auch moorfarbenes Innere hinein.

Ringel hielt sein Versprechen. Jahre vergingen. Aber in einer Nacht im Frühjahr, in K. eine Jahreszeit von granitener Luft, Kälteblöcke wurden von Brutwärme hin und her geschoben, es aperte mit Gewalt, und mit ebensolcher Gewalt schlug wieder Schnee nieder, der Föhnsturm johlte von den Jochen im Süden, in so einer

Föhn-Nacht, spät, gegen drei Uhr, vier Uhr, klopfte es gegen Ringels Tür. Der Stecher. Er war außer Atem.

»Der Robinitsch ist violett im Gesicht. Er hüpft ganz krumm in der Hütte herum und stöhnt. Er hat mir verboten, den Doktor zu holen. Wenn ein Doktor kommt, sagt er, fliegt alles auf, und er muß zurück zu seiner Alten. Komm, red du mit ihm. Oder wir tragen ihn hinunter, ins Spital.«

Ringel zog sich rasch an, eilte mit dem Stecher hinauf. Als sie ankamen, war Robinitsch schon steif und tot.

Sie überlegten eine Weile.

»Besser nicht«, sagte dann Ringel.

»Mein' ich auch«, sagte der Stecher.

Sie nahmen eine alte Decke und wickelten den toten Robinitsch ein. Es dämmerte schon der Morgen. Ein grauer Himmel wie Asphalt spannte sich hoch übers Moor.

»Hier«, sagte der Stecher, »hier ist es am tiefsten.«

»Einen Moment«, sagte Ringel. Er schlug die Decke auseinander und schaute den Robinitsch an, der seltsamerweise jetzt gar nicht mehr violett war im Gesicht. Er machte ihm ein Kreuz auf die Stirn, auf den Mund und auf die Brust. Dann versenkten sie den, der endlich wirklich eine Leiche war, in die Tiefe des Moors.

»Requiescat in pace«, sagte Ringel.

»Was hast g'sagt?« fragte der Stecher.

»Er ruhe in Frieden«, sagte Ringel.

»Und's Ewige Licht leuchte ihm«, sagte der Stecher.

»Amen«, sagte Ringel.

Die Legende vom Robinitsch, der im Stecherschen Torfstich umgeht, hielt sich noch lange. Und Fräulein Derk schmeichelte sich, zu den wenigen Leuten zu gehören, die *selber* einmal ein Gespenst gesehen haben.

Der Rembrandt-Verbesserer

für Erik Jayme

Ende März des betreffenden Jahres ging eine größtenteils lustlose Schulklasse eines Münchner Gymnasiums in die Neue Pinakothek. Der Schüler Lindenschmidt Thomas, sonst eher an Kunsthervorbringungen uninteressiert, blieb vor Ferdinand Hodlers Gemälde »Der Genfer See« stehen, stand immer noch davor, als die übrige Klasse schon in den nächsten Saal gewandert war. Der Lehrer, Herr Starkbein, rief ihn, aber Lindenschmidt Thomas kam nicht. Herr Studienrat Starkbein, ärgerlich, mußte zurückgehen, um den Schüler nachzuholen. Der Schüler bemerkte den Ärger des Lehrers nicht, deutete nur auf eine Stelle des Gemäldes und rief aufgeregt: »Da! da! ein Audi Baujahr 1938.«

Der Lehrer beugte sich zu dem Gemälde vor und sagte: »Ach was. Ein Fliegenschiß.«

»Nein«, sagte der Schüler, »schauen Sie genau: ein Audi, Baujahr 1938.«

Der Lehrer beugte sich weiter vor, äugte scharf und sagte: »Hm. Komisch. Tatsächlich. Es scheint ein Auto dargestellt zu sein. Auch gut, nicht so wichtig, gehen wir weiter –« Aber dann stockte er. »Was hast du gesagt? Ein Audi-was? Baujahr wann?«

»Audi, Baujahr 1938. Das letzte Modell vor dem Krieg. Unverkennbar.«

Nun beugte sich der Studienrat zu dem Täfelchen hinunter, das von der fürsorglichen Direktion jedem Bild beigegeben ist. »Hm«, sagte er wieder, »das Bild ist circa 1905 gemalt, und Hodler ist schon 1918 gestorben.«

Der Studienrat Starkbein war ein gründlicher Mann. Er nahm am Nachmittag, nachdem er nach Hause gekommen war – Frau Starkbein stellte ihm den gewohnten Früchtetee, Geschmacksrichtung »Hawaii-Zauber«, auf den Sofatisch –, einen seiner vielen, sorgfältig gesammelten Kunstbände zur Hand und schlug den Artikel »Hodler« auf. Tatsächlich fand sich in dem Buch eine Reproduktion eben jenes Bildes »Der Genfer See; ca. 1905«. Starkbein nahm eine Lupe. Kein Audi. Nichts an jener Stelle, was dahingehend gedeutet werden könnte. Im Mittelgrund des Bildes, weit unterhalb des betrachtenden Malerauges eine zum See hin abschüssige grüne Wiese, an deren Rand sich eine Straße zu einem halb verdeckten Ort weiter hinten schlängelte, und auf der Straße: nichts.

War es doch ein Fliegenschiß gewesen?

Die Sache ließ Studienrat Starkbein nicht ruhen. Schließlich war er selber Künstler – gewesen, hatte malerischen Ehrgeiz gehabt, bevor er aus bürgerlichem Sicherheitsstreben in den Schuldienst abgeglitten war. Aber nach der Pensionierung, da werde er wieder ... na ja. Noch lang bis dahin. Aber zurück zu Hodler.

Am Sonntag drauf ging Starkbein privatim und ohne Schüler und eigens wegen des Hodler in die Neue Pinakothek, diesmal sowohl mit einer Lupe als auch dem Kunstband versehen, betrachtete das Bild ganz genau, erst mit freiem Auge, dann mit der Lupe, verglich das Original mit der Reproduktion im Buch; kein Zweifel: auf dem Original fand sich, winzig-winzig, aber unter der Lupe deutlich zu erkennen, auf jener sich unterhalb der Wiese hinschlängelnden Straße die Darstellung eines Autos, eines Autos, das auf der Reproduktion fehlte. Freilich, ob es sich bei dem Auto um einen Audi

Baujahr 1938 handelte, entzog sich dem Fachwissen Starkbeins. Aber gleich am Montag nach der Schule eilte er, statt stracks nach Hause, in die Bibliothek des Deutschen Museums, ließ sich eine Monographie über die Firma Horch geben und konnte anhand ihrer feststellen, daß das Auto auf dem Hodler-Bild von 1905 tatsächlich ein Audi von 1938 war.

Ein kunsthistorisches Rätsel.

Studienrat Starkbein verfaßte daraufhin einen nicht anders als tiefschürfend zu nennenden Aufsatz: »War Ferdinand Hodler ein Hellseher?«, der tatsächlich nach einiger Zeit einmal in einer Kunstzeitschrift, das andere Mal in einem esoterischen Magazin veröffentlicht wurde. Das Honorar war bescheiden. Starkbein kaufte sich davon – schon länger nötig – einen neuen Sommermantel; hell-beige mit Burberry-Futter, was aber im folgenden keine weitere Rolle spielen sollte.

Starkbein erhielt zwei Reaktionen auf seinen Artikel. Ein älterer Kollege sagte säuerlich: »Gratuliere, habe Ihren Aufsatz gelesen. Schön, daß Sie doch so viel Zeit haben nebenher. Hätte ich nicht. Dann also schönen Tag noch.«

Die andere Reaktion war aufregender. Es war ein Brief, und der Brief kam aus Paris.

Die Affaire »Ring der Mona Lisa« löste eine Lawine der Verwirrung aus. Auf jenen Brief hin, der von einem gewissen M. Charles Devienne stammte, reiste Studienrat Starkbein unter Hintanstellung aller familiären Pflichten am ersten Tag der Osterferien – das war der Samstag vor dem Palmsonntag – nach Paris. Leider hatte der Louvre schon geschlossen, als Starkbein in Paris eintraf, aber am Sonntag stand er zeitig auf, holte M. Devienne verabredungsgemäß ab und eilte mit ihm ins

Museum. Trotz der frühen Stunde standen bereits etwa viertausend Japaner, dazu einige Dutzend deutscher Schulklassen, tausend Touristen aus der französischen Provinz und einige hundert Amerikaner vor der Glaspyramide, durch die man sich zu den Kassen hinunterzwängen muß. Nach nur zwei Stunden Anstehens kamen Devienne und Starkbein dran, ihre Eintrittsbilletten zu lösen.

Etwa zehn Prozent der Besucher schoppten sich vor der Nike von Samothrake, fünfzehn Prozent bedrängten den Erfrischungsraum und die Souvenir-Läden, fünfundzwanzig Prozent irrten in den Sälen herum auf der Suche nach der Mona Lisa, fünfzig Prozent hatten sie leider schon gefunden. Mit brachialer Gewalt gelang es Devienne und Starkbein, die mit eiserner Unverfrorenheit blitzlichtenden »Östlichen Inselzwerge« (wie die Chinesen die Japaner nennen) beiseite zu stoßen – was photographieren diese Zwerge aus ihrem Sichtwinkel eigentlich? die Hinterköpfe ihrer Vordermänner? –, um nach vorn zu gelangen.

M. Devienne wies auf die linke Hand der Mona Lisa: der Ringfinger trug einen schmalen, goldenen Reif. Den habe er, Devienne, vor einiger Zeit entdeckt. M. Devienne hatte eine Leonardo-Biographie mitgebracht; auf der darin enthaltenen Abbildung des Gemäldes fehlte der Ring.

Starkbein verfaßte, nach München zurückgekehrt, wiederum einen Aufsatz: »Woher kommt Mona Lisas Ehering?« Von Esoterik war hier nicht die Rede, aber es dauerte nicht lang, da griff ein niederländischer Esoteriker namens De Kloumpfh die Sache auf und wies anhand des Horoskops und dergleichen Hokuspokus nach, daß Leonardos Astralleib den von ihm 1503 vergessenen Ehering nachgetragen habe. Die

Direktion des Louvre protestierte wütend: es sei völlig ausgeschlossen, selbst mit dem astralischesten Pinsel das Bild zu berühren, ohne die ungemein empfindliche Alarmanlage auszulösen. Vor allem aber trat ein Heer von Professoren auf, die, wie nicht anders zu erwarten, unterschiedlichste Ansichten einander entgegengifteten: der eine behauptete, der Ehering sei immer schon dagewesen (bewies es mit Reproduktionen, die sich später selbstverständlich als gefälscht herausstellten; wozu nicht Professoren alles greifen, wenn es darum geht, ihre Theorie zu verteidigen), der andere behauptete, es sei auch jetzt kein Ehering zu sehen (freilich, stellte sich heraus: *für ihn;* er verwechselte das Bild mit Van Goghs »Selbstbildnis mit grauem Hut«), andere argumentierten, es sei im Italien des XVI. Jahrhunderts nicht üblich gewesen, Eheringe zu tragen; nochmals andere sagten: doch, schon Eheringe, aber nicht an der linken Hand, sondern, wie heute dortzulande üblich, an der rechten. Ein besonders gelehrter Professor erklärte, es sei ganz gleichgültig, ob der Ring eine Fälschung sei oder nicht; sich um solche sozusagen kriminalistischen Kinkerlitzchen zu kümmern, sei der kunsthistorischen Wissenschaft unwürdig. Allein wichtig sei, daß der Ring sich, was sich jedem aufdränge, der das Bild genau betrachte, in die Proportionen »unverzichtbar« einfüge; ohne den Ring sei ein Übergewicht des rechten oberen Teils unübersehbar, und er korrespondiere mit dem Glanz des linken Auges – ein Meisterwerk, was ja wohl niemand leugnen wolle. Außerdem habe Leonardo damit, daß sich der Ring am leicht nach innen gebogenen Finger befinde, natürlich eine Botschaft übermitteln wollen: dadurch, daß die Frau versuche, den Ring quasi zu verbergen, wird die unglückliche Ehe der Mona Lisa angedeutet und die Tatsache verraten, daß sie die Geliebte Leonardos gewesen sei.

Eine chemische Analyse nur der einen Stelle, an der sich der Ring befand, lehnte die Direktion des Louvre aus Sicherheitsgründen ab; auch sei es technisch gar nicht möglich. So blieben alle Fragen offen. Aber nun begannen manche Museumsdirektoren ausnahmsweise durch die Säle ihrer eigenen Museen zu streifen, um nach verdächtigen Veränderungen zu suchen. Der Chef der Uffizien entdeckte dabei, daß auf Fra Filippo Lippis »Anbetung des Kindes« das Unterkleid nicht mehr rot, sondern grün war. Der nur halb am rechten Rand sichtbare Herr im Frack auf Manets »Nana« in der Hamburger Kunsthalle hatte einen vorher nie gesehenen Spitzbart. Botticellis »Verleumdung« in den Uffizien trug auf einmal jenen aufwendigen, die Schamlosigkeit förmlich unterstreichenden Halsschmuck, der der »Venus« von Lucas Cranach d. Ä. in der National Gallery, London, seitdem fehlte. Auf einem anderen Bild von Matisse, der »Akt auf ornamentalem Grund« im Centre Pompidou, waren der Nackten, sicher ein Gewinn für das Bild, ordentliche Zehen gewachsen anstatt der bisherigen Teigklumpen; außerdem waren die Zehennägel rot lackiert, farblich genau korrespondierend mit dem Ornament im Teppich im Hintergrund.

Nach und nach kam ans Tageslicht, daß in kaum einem Museum ein berühmtes Bild unberührt geblieben war – nie in grober Art, immer dezent, kaum je anders als vom aufmerksamsten Betrachter zu entdekken. Ein Sturm der Entrüstung brach aus. Museumsdirektoren wurden gefeuert oder sprangen aus dem Fenster (einer ließ sich zwischen zwei Betonbrocken einer tonnenschweren Installation von Norbert F.

Blunzl zerquetschen), Kunsthistoriker wurden wahnsinnig oder traten ins Kloster ein (wurden nur ungern aufgenommen), Prozesse gegen angeblich fehlerhafte Sicherungssysteme eingebaut habende Firmen häuften sich, Bankrotte, Nervenzusammenbrüche. Große Anfragen in Parlamenten kamen vor, selbst Duelle.

Am schlimmsten aber traf es Rembrandt. Der »Mann mit dem Goldhelm« (Staatliche Museen, Berlin) hatte auf einmal den Mund ganz leicht geöffnet, und man sah, daß er nur noch einen Zahn hatte. (»Freilich«, schrieb Starkbein, inzwischen als Experte für diese rätselhaften Dinge anerkannt, »stellt doch das Bild den grämlichen Mars dar, der nach dem Westfälischen Frieden endlich zahnlos geworden ist; ist nicht das Bild 1650 gemalt?«) Auf dem »Segen Jakobs« in Kassel fehlte nunmehr die ganze Figur der Asnath, eine, die ganze Komposition in nahezu dilettantischer Weise störende, im übrigen später von Rembrandt hinzugefügte, um nicht zu sagen hinzugepinselte Ergänzung; auf dem »Selbstbildnis mit Saskia« in Dresden hob auch Saskia jetzt – ganz knapp oberhalb des Federhutes ihres Mannes – ein Glas, und auf dem späten Selbstbildnis von 1661 (Kenwood House) trug Rembrandt neuerdings ein sauberes Unterhemd.

Das Rätsel wäre nie aufgeklärt worden, wenn nicht eine Sekretärin des Museums Ludwig in Köln durch Koinzidenz mehrerer Mißgeschicke nach Feierabend im Museum eingeschlossen worden wäre. Die näheren Umstände sind unwesentlich, und ihre Schilderung soll den Gang der Handlung nicht aufhalten. Nur soviel: es spielten das im Moment unauffindbare Bundesverdienstkreuz des Museumschefs, eine Damenstrumpfhose mit Laufmasche, ein Kaktus, zwei Foxterrier (»Nestor« und »Cocktail«) und ein überraschendes Fax vom Landesrabbinat Baden-Württemberg eine Rolle. Vor allem aber hatte Frau Hasenöhrl, so hieß die Sekretärin, ihre Schlüssel daheim vergessen und fand sich gefangen. Beim Versuch, eine Feuerleiter zu erreichen, eilte sie – bereits in leichter Verzweiflung, denn ihren ohnedies eifersüchtigen Mann wähnte sie schon im Telephongespräch mit seinem Anwalt – durch jenen Saal, in dem das Bild »Das Rendezvous der Freunde« von Max Ernst hängt. Und was sah sie? Was hielt sie für eine Angstvision? Was stellte sich aber doch als Realität heraus?

Hans G. Schlender-Hase.

Hans G. Schlender-Hase war im Begriff, seitlich hinter Paul Elouard sein eigenes Portrait einzufügen.

»Alle Maler sind Stümper!« schrie Hans G. Schlender-Hase in seinem – nach den mäßig hinreißenden Ausführungen seines Pflichtverteidigers – zusätzlichen Plädoyer. »Hat denn das bisher niemand bemerkt?! Hat denn noch niemand die Scheußlichkeit dieser marmeladenfarbigen Ärmel von Filippo Lippis Madonna gesehen? Niemand die nachgerade dilettantischen Zehen von Matisses Odaliske? Hat denn noch niemand wahrgenommen, daß Rembrandts Bilder Stück für Stück geschmackliche Ausrutscher sind? Sicher – der »Segen Jakobs« hat was für sich, sicher! Nicht unbegabt! Aber was macht Rembrandt? Er fügt die, im übrigen völlig verzeichnete, Weibsfigur hinzu. Die ganze Malerei, Hohes Gericht, strotzt vor Fehlern. Die ganze Malerei schreit nach Verbesserungen! Was hat, zum Beispiel, Ingres ›Quelle‹ für einen Wasserkopf! Wohl von wegen ›Quelle‹?! Ha, ha! Eine Peinlichkeit nach der anderen. Raffaels ›Vermählung‹ in der Brera! Joseph barfuß bei seiner Hochzeit, alle anderen mit Schuhen! Wie lächerlich! Cima de Coneglianos ›Heiliger Hieronymus‹ – sieht da nicht der wattebärtige Sulzgreis gefährlicher aus als der ondulierte Löwe? War Eduard Graf Keyserling wirklich ein solcher Trottel, wie ihn Lovis Corinth dargestellt hat?

Ich könnte, Hohes Gericht, stundenlang mit Beispielen aufwarten. Nichts, fast nichts in der ganzen abendländischen Malerei befriedigt das wirklich anspruchsvolle Auge. Ich habe den Ruf der leider namenlosen Muse der Malerei vernommen: Verbessere Rembrandt! Man sollte mir Kränze winden.«

Statt derer bekam er (nur) zwei Jahre, und die unter Berücksichtigung seiner bisherigen Straflosigkeit mit Bewährung. Dabei bildete unterschwellig beim Gericht das sicher bewundernswürdige Geschick, mit dem Schlender-Hase vorgegangen war, ein strafmilderndes Moment. In der Tat war es unglaublich, mit welchen taschenspielerischen Tricks Schlender-Hase gearbeitet hatte, um die Sicherheitsschranken zu überwinden. Er war in der Hinsicht voll geständig, führte bereitwillig vor, wie er mit zartestem Pinsel Farbe auftragen konnte, ohne daß Sensoren ansprangen. Die Berührungen waren so fein, daß selbst neapolitanische Taschendiebe vor Neid erbleichten, als sie die Prozeßberichte lasen. Auch blieb nicht ohne Rücksicht, daß Schlender-Hase tiefinnerst von seiner Sendung überzeugt und daß er selber leider ein völlig erfolgloser Maler war. Sein Gemälde »Cornish-Blau in den Roßbreiten«, seiner Meinung nach das einzige geschmacksichere Bild der Kunstgeschichte, war mehrfach refüsiert worden.

So kam es zu dem relativ milden Urteil. Die zivilrechtlichen Schadensersatzforderungen der Museen freilich gingen in die Millionen.

Die Museen blieben darauf sitzen. Schlender-Hase verschwand spurlos. Aber bald tauchten in Dirigierpartituren und Stimmen der Symphonie-Orchester saubere, unmerklich eingefügte Verbesserungen auf. Besonders Beethoven war betroffen. Gefunden wurde Schlender-Hase nie mehr. Wer weiß, welche Muse ihn noch um Hilfe gerufen hat.

Die im zweiten Stock

In Memoriem Gerty Spieß

Frau Amtsratswitwe Hummel aus dem dritten Stock fuhr wieder heim. Sie war auf dem Westfriedhof gewesen, um die Blumen auf dem Grab des bereits seit 1970 verewigten Amtsrates Hummel zu gießen, aber auf dem Weg dahin hatte es zu regnen angefangen, und der Regen hatte das Gießen überflüssig gemacht. Dennoch fuhr die Amtsratswitwe Hummel weiter mit der Linie 4, die Gießkanne in der Hand, bis zur Endstation, stieg aus, ging auf den Friedhof, stand im Regen vor dem Grab, betete ein automatisches *Vaterunser*, entfernte ein paar welke Herbstblätter von der Bepflanzung, hielt seltsamerweise die Gießkanne krampfhaft unter den Regenschirm, beschloß, die nahegelegene Friedhofsgärtnerei Teckler wieder einmal zu beauftragen, den wuchernden Cotoneaster zu beschneiden, weil er die Astern zu erstikken drohte, und ging dann wieder. UNVERGESSEN stand auf dem polierten Grabstein aus Granit und darunter ANTON HUMMEL STAEDT. AMTSRAT A. D: * 1901 † 1970. »Hat nicht lang was gehabt von der Pension«, hatte damals der Hausmeister Seilinger gesagt bei der Beerdigung. »Dafür lebt *sie* um so länger, wirst sehen«, hatte Frau Seilinger leise geantwortet.

Obwohl Frau Amtsratswitwe Hummel den Schirm aufgespannt hatte, zog sie noch eine kleine Kapuze aus Plastik – eine sogenannte *Wetterhexe,* die sie zur Vorsicht immer in der Handtasche hatte – über ihren Hut aus imitiertem Leopardenfell. Auf dem Heimweg kaufte sie noch hundert Gramm Schwarzen Preßsack und eine Remische ein, ihr Abendessen. Als sie in die Wendl-

Dietrich-Straße einbog, hörte es wieder auf zu regnen. Vor dem Haus stand die Seilinger, die Hausmeisterin. Sie zog ein Stück Karton unter ihrer Kittelschürze hervor und zeigte es der Amtsratswitwe Hummel. »An und für sich hat man ja nichts gegen die Leut«, sagte sie, »aber *so* gehts nicht weiter.« Auf dem Karton stand mit Kugelschreiber geschrieben: HILFE.

»Wo haben S' denn das g'funden?« fragte Frau Amtsratswitwe Hummel.

»Da hab ich's gefunden«, sagte die Hausmeisterin, »da in der Hecken.« Der Karton war vom Regen ganz durchweicht.

Zwischen Trottoir und Hauswand zog sich ein schmaler Grünstreifen hin, nicht breiter als zwei Armlängen. Er machte die kahle, gelbe Hauswand der Fünfzigerjahre-Fassade auch nicht mehr schöner. Der Rasen war kümmerlich. Es waren mehr Zigarettenstummel und -schachteln und Cola-Dosen und Plastiktüten dort als Gras. Die Cola-Dosen und Plastiktüten entfernte die Hausmeisterin schimpfend alle Tage, allerdings nur exakt so weit, wie die Fassaden der beiden Häuser 46 und 48 reichten, deren Hausmeisterin die Seilinger war. Wenn niemand herschaute, warf sie die Dosen und Tüten, die nahe der Grenze lagen, auf den Grünstreifen vor den Häusern 44 oder 50. Der Grünstreifen zog sich entlang der ganzen Häuserreihe hin. Was die Seilinger nicht wußte: auch die Hausmeister von 44 und 50 warfen gelegentlich, wenn niemand herschaute, den Müll von ihrem Grünstreifen in den Seilingerschen Bereich. So glich sich alles aus. Die Zigarettenstummel allerdings ließ die Hausmeisterin liegen. »Da wüßt man ja gar nicht, wo anfangen und wo aufhören, und du kämst zu gar nichts anderem mehr«, sagte sie, »und dann hab ich *das* gefunden.« »Hilfe«, las Frau Amtsratswitwe

Hummel. »Hilfe«, sagte die Hausmeisterin. »Und das ist da glegen?« fragte Frau Hummel. »Nein«, sagte die Hausmeisterin, »in der Hecken gsteckt.«

Die kümmerliche Grünfläche war gegen das Trottoir hin durch eine ebenso kümmerliche, etwa kniehohe Buchenhecke abgegrenzt. »Es hat den Vorteil«, sagte die Hausmeisterin, »daß dann wenigstens die Hund nicht ständig in das Gras da et cetera, Sie wissen schon, aber es hat den Nachteil, daß sie mein Mann immerzu stutzen muß. Mindestens zweimal im Jahr. Sonst tät das wuchern. Zweimal im Jahr. Zusätzliche Arbeit, von der auch niemand redet. Nur wenn sie nicht getan würde, würden sich die Herren Mieter natürlich sofort bei der Hausverwaltung beschweren.« Frau Amtsratswitwe Hummel überhörte den indirekten Vorwurf. Sie hatte sich nie beschwert, wohl aber vor Jahren einmal der Amtsrat a. D. selig, damals noch Amtsrat im Amt, ohne a. D., noch nicht selig. Er hatte sich beschwert, weil der Hausmeister Seilinger die Mülltonnen immer schon um fünf Uhr in der Früh an dem betreffenden Tag, an dem die Müllabfuhr kam, vor das Haus stellte, was, wie Herr Amtsrat Hummel schrieb, »eine übergebührliche Lärmbelästigung darstellt, welch letztere bei einigem guten Willen vermieden werden könnte«. Hummels hatten ihr Schlafzimmer nämlich zur Straße hinaus, und Herr Amtsrat Hummel schreckte »sohin«, wie er schrieb, »stets an den betr. Müllabfuhrtagen völlig unnötigerweise aus dem Schlaf«. Er könne regelmäßig nicht mehr einschlafen und gehe an diesen Tagen unausgeschlafen ins Amt. »Das Hinausstellen der Mülltonnen um fünf Uhr«, schrieb Amtsrat Hummel in gewandtem Kanzleistil, »stellt sich als nicht erforderlich dar, da erfahrungsgemäß die Müllabfuhr frühestens gegen 9 Uhr eintrifft, mithin also ein Hinausstellen der Mülltonnen um

8 Uhr 30 als hinreichend erscheint.« Da Amtsrat Hummel im Städtischen Wohnungsamt beschäftigt war und die Hausverwaltung Wert auf ein gutes Klima im Verkehr mit dieser Behörde legte, bekam der Hausmeister Seilinger einen Rüffel. Trotzdem gingen Seilingers zur Beerdigung des Amtsrates. Entgegen ihren Erwartungen wurden sie aber nicht zum Leichenschmaus eingeladen, den Tochter und Schwiegersohn des Verblichenen – das Oberstudienratsehepaar Buschel – im *Tizianhof* ausgerichtet hatten. Aber die Zeit heilt alle Wunden. Nach zwei, drei Jahren hatten Seilingers die Fehlinvestition für das einfache, aber geschmackvolle Bukett (Nelken und Fichtenzweige, Schleife in Weiß *Letzte Grüße Familie Seilinger*) verschmerzt, und man redete wieder freundlich miteinander. Seit Oberstudienrat Buschel nach Amberg in der Oberpfalz versetzt worden war – »in München bekomme ich mit der verfluchten Fächerverbindung Latein/Französisch nie im Leben eine Studiendirektorenstelle« –, war Frau Amtsratswitwe Hummel viel allein. Sie war froh um die Gespräche mit der Hausmeisterin.

»Und Sie glauben«, sagte Frau Amtsratswitwe Hummel, »daß der Karton da von *denen* stammt?« »Von wem denn sonst«, sagte die Hausmeisterin, »außer von denen im zweiten Stock.«

Die im zweiten Stock waren als eine der allerersten Mieter eingezogen, bald nachdem das Haus fertiggestellt worden war. Damals wurden Wohnungen noch zugewiesen. *Eingezogen* ist also nicht ganz richtig, besser ist: eingewiesen. Aber Goldbergs waren froh. Auch daß das Haus fertiggestellt war, ist nicht ganz richtig. Es war lediglich im Sinn des Paragraphen Sowiesoviel Absatz so und so der Ausführungsverordnung Nummer xy zum Wohnraumbewirtschaftungsgesetz *bezugsfähtig* erklärt. Das Gerüst war noch gestanden, die Stiegenhausfenster fehlten, auch das Stiegengeländer. Der Putz war noch feucht. Frau Ida Goldberg holte sich einen Rheumatismus an der linken Schulter. Dennoch waren Goldbergs überglücklich. In Theresienstadt hatten sie keine solche Wohnung gehabt.

Weder Frau Amtsratswitwe Hummel noch Frau Hausmeisterin Seilinger konnten sich also an den Einzug des Ehepaars Goldberg erinnern, denn beide, sowohl Hummel als auch Seilinger, kamen erst später. Herr Hummel, damals noch Inspektor, bekam die Wohnung im dritten Stock (über der der Goldbergs) 1957, das Ehepaar Seilinger übernahm die Hausmeisterei 1960. Seilinger war eigentlich Gärtner. Herr Hummel, damals eben ans Wohnungsamt versetzt, hatte Einblick in die Akten. »Im Grunde genommen eine Unverschämtheit«, sagte er zu seiner Frau, »gelernter Gärtner. Natürlich macht *sie* die Arbeit der Hausmeisterei, und *er* geht schwarz in die Gärtnerei arbeiten und verdient nebenher. Und zahlt davon selbstmurmelnd keine Steuern. Und die Wohnung frei. Die kommen unterm Strich auf mehr als ich.« Obwohl Herr Hummel da eben zum Oberinspektor befördert worden war. »Aber die Leute leugnen natürlich. Und es ist fürchterlich schwer, ihnen auf die Schliche zu kommen.« Seilingers hatten »sohin« auch mehr als ein Jahr vor Hummels einen Fernseher.

Was Herr Goldberg von Beruf war, war nicht zu erfahren. In den Unterlagen, zu denen Herr Oberinspektor Hummel Zugang hatte, war vermerkt: *Kaufmann.* »Das kann alles bedeuten und nichts auch«, sagte er, »aber im Grunde genommen hat man ja nichts gegen die Leute.« Sie waren, wenngleich äußerst zurückhaltend, freundlich und grüßten immer. Allerdings mit Akzent: »Grieß

Sie, Herr Hummel«, sagte Herr Goldberg oder: »Entbiete scheenen guten Morgen, Herr Oberinspektor.«

Aus Akten der Wiedergutmachungsbehörde, die Oberinspektor Hummel angeblich aus dienstlichen Gründen, in Wirklichkeit aus bloßer Neugier, angefordert hatte, war zu entnehmen, daß *Goldberg, Simon* in einem Ort, dessen unaussprechlich polnischen Namen Hummel sich nicht merken konnte – viele c und z und y –, bis 1940 einen kleinen Holzhandel betrieben hatte. Den nächsten Wohnsitz konnte sich Hummel merken: Theresienstadt. In der Rubrik *Kinder* stand: 2; *Namen: Theodor* und *Emanuel; Aufenthaltsort:* da hatte Goldberg hingeschrieben *mir leider nicht bekannt, zuletzt Auschwitz.*

Herr Oberinspektor Hummel brachte diese Akten einmal sogar mit nach Hause. Das ist natürlich nicht erlaubt, aber die Mappe eines Oberinspektors wird nicht kontrolliert, und wenn, dann hätte er immer noch sagen können, er nähme sich Arbeit mit heim. Außerdem nahm er die Wiedergutmachungsakten nur für einen Abend mit nach Hause, schon am nächsten Morgen brachte er sie wieder ins Amt, schickte sie bald an die Wiedergutmachungsbehörde zurück.

»Vierzehn und sechzehn Jahre waren sie alt«, sagte Herr Oberinspektor Hummel. »Mein Gott«, sagte Frau Hummel und ließ das Strickzeug sinken, »waren es ihre einzigen Kinder?« »Logisch«, sagte Herr Hummel, »sonst wären ja hier noch mehrere eingetragen.« »Was die Leute mitgemacht haben!« sagte Frau Hummel, strickte aber weiter. »Mit *unsere* Flüchtling sind sie auch nicht zimperlich umgesprungen«, sagte Herr Hummel und klappte die Akte zu, »was man so hört.« »Aber *jetzt,* hier in München, *da* im Haus«, sagte Frau Hummel, »hat er ja wohl keinen Holzhandel?« »Wahrscheinlich nicht«. »Und wovon leben Sie dann?« »Rente, Wiedergutmachung«, sagte Herr Oberinspektor Hummel und schlug nochmals die Akte auf, »433 Mark monatlich.« »Da könnens auch keine großen Sprünge machen«, sagte Frau Hummel. »Na ja«, sagte der Oberinspektor.

»*Grüßen*«, sagte Frau Hummel nach einiger Zeit, »grüßen tun sie ja immer sehr freundlich. Da kann man nichts sagen. Ich tät gern hin und wieder ein Wort mit ihnen reden. Wenn sie nicht so – so – so *verschlossen* wären.« »Ja«, sagte Herr Oberinspektor Hummel, »man hat ja nichts gegen die Leut. Sie bekommen ja auch ihre Wiedergutmachung. Aber es ist halt doch eine fremde –«, der Oberinspektor wollte *Rasse* sagen, wischte das Wort aber gleich in seinem Kopf weg, »– ein fremder Menschenschlag. Ja.« Er klappte den Aktendeckel endgültig zu und steckte die ganze Akte gleich in seine Mappe, damit er sie morgen früh nicht vergesse. »Weißt was«, sagte er dann, »bring mir noch das Stück Blutwurst, das beim Abendessen übriggeblieben ist.«

Anfangs, in den ganzen ersten Jahren, war nichts Auffälliges – außer dem Akzent des *fremden Menschenschlages* – an den Eheleuten Goldberg. Sie waren selbst für die strengen Maßstäbe der Hausmeisterin sogenannte *stille Mieter*. Ihre Stiegenwoche hielt Frau Goldberg peinlich genau ein. *Stiegenwoche* bedeutete, daß in der betreffenden Woche – jede dritte, denn es gab drei Parteien pro Stockwerk – die Stiege vom Mieter, den die jeweilige Stiegenwoche traf, gekehrt und gewischt werden mußte, und zwar die Stiege ins nächste Stockwerk: die Parterre-Mieter die Stiege zum ersten Stock, die Erster-Stock-Mieter die Stiege in den zweiten Stock und so fort, die Vierter-Stock-Mieter die Stiege in den Dachboden. Es gab für jedes Stockwerk eine an einer Kordel befestigte Papptafel mit der Aufschrift STIEGENWOCHE, die die Hausmeisterin am Montag früh turnusgemäß an den äußeren Knauf der Wohnungstür der Mieter hängte, die für die Woche dran war. Mehrfach hatte Frau Hausmeisterin Seilinger dabei bemerkt, daß zu dem Zeitpunkt Frau Goldberg *ihre* Treppe schon gewischt hatte. »Respekt«, sagte die Hausmeisterin zu ihrem Mann. »Na ja«, sagte der Hausmeister, »eine Ordnung habens wahrscheinlich schon gelernt in Theresienstadt.«

»Und man hat selbstverständlich nichts gegen die Leute«, sagte Frau Seilinger zu Frau Amtsratswitwe Hummel, »schauns – da drüben der Delikateßladen. Lipschitz. Ich kauf gern ein. Ist *immer* sehr freundlich. Da könnt sich unsere Millifrau eine Scheibe abschneiden, die gscherte Ruabn. *Immer* freundlich, der Herr Lipschitz. Und die Ware, die er hat, ist gut. Ich kauf allerdings nur das, was in Dosen ist.«

In den späteren sechziger Jahren wurde es den Mietern freigestellt, die *Stiegenwoche* durch ein *Stiegengeld* (anfangs fünfzig Pfennig, später eine Mark) abzulösen. Die Hausmeisterin kassierte das Stiegengeld und putzte dann selber. Alle Mieter lösten ab, nur Goldbergs nicht. Frau Goldberg putzte immer noch die Stiege, obwohl sie inzwischen endlos lang dafür brauchte. Nach jeder Stufe blieb sie stehen, richtete sich auf, ächzte und rieb sich die linke Schulter. Herr Goldberg ging zu dieser Zeit schon nicht mehr aus.

Der Briefträger machte die ersten Beobachtungen. Er brachte Goldbergs die Rente (andere Post bekamen sie nie). Der Beleg mußte unterschrieben werden, weshalb der Briefträger einmal im Monat bei Goldbergs läutete. Meist wurde nur ein Spalt aufgemacht. Innen hing eine Kette vor. Einmal machte Frau Goldberg aber etwas weiter auf, dabei bemerkte der Briefträger, daß im Flur auf einem etwa fünfzig Zentimeter hohen länglichen Hokker oder Schemel drei, wenn nicht vier sichtlich scharf geschliffene Beile lagen sowie zwei große Schlachtermesser. Der Briefträger erzählte diese Beobachtung unverzüglich der Hausmeisterin. »Jesusmarandjosef«, sagte die Hausmeisterin, »zwei Schlachtermesser und drei Beil, sagen S'?« »Wenn nicht vier«, sagte der Briefträger und kippte das Gläschen *Jägermeister* hinunter, das ihm die Hausmeisterin angeboten hatte. Ab und zu bot die Hausmeisterin dem Briefträger ein Gläschen *Jägermeister* an. Seilingers Vater arbeitete in dieser Firma im Vertrieb und besorgte Flaschen mit schräg aufgeklebtem Etikett oder leicht angeschlagenem Hals billiger. »Für niemanden sind Informationen aus dem Haus so wichtig«, sagte Seilinger, »wie für den Hausmeister. An und für sich müßte den *Jägermeister*, den wir dem Briefträger spendieren, welcher der wichtigste Informationsherbeibringer ist, die Hausverwaltung zahlen. *Eigentlich.* Schwamm drüber.« Abgesehen davon trank auch Herr Hausmeister und Schwarz-Gärtner Seilinger ganz gern einen *Jägermeister.*

Zur Beerdigung des Amtsrates a.D. Hummel waren bis auf drei alle vierzehn Mietparteien gekommen. Nur die Frau Dr. Gödemann nicht, die Medizinalratswitwe, erster Stock Mitte. Angeblich, weil sie einen wehen Fuß hatte. »In Wirklichkeit dünkt sie sich für was Bessers, wie nicht anderes zu erwarten«, flüsterte die Hausmeisterin, als sie im zeitlosen Schneiderkostüm neben ihrem Mann (– dunkelbrauner Trachtenanzug, das dunkelste, was er hatte –) in der Aussegnungshalle stand und verstohlen die Anwesenden zählte. »Und natürlich der Neue vom vierten Stock«, flüsterte sie. Der hieß Nock und war erst am letzten Ersten eingezogen. »Trotzdem gehört er eigentlich zur Hausgemeinschaft«, flüsterte Frau Seilinger zurück, »es gebietet praktisch schon der Anstand, daß man mitgeht. Sind sogar wir mitgegangen, beziehungsweise gehen mit.« Der Pfarrer hatte zu Ende gesprochen, jetzt sprach der Amtsvorstand, der ehemalige Vorgesetzte des Verblichenen. »Sogar *wir*«, flüsterte Seilinger, »obwohl er sich über uns beschwert hat, seinerzeit.« »Sei still«, zischte Frau Seilinger, »Friede seiner Asche.« »Gschert wars trotzdem, damals«, sagte der Seilinger, »trotzdem gehen wir mit. Da könnte der Neue auch mitgehen. Wenn er so weitermacht, wird er keine Freunde im Haus gewinnen. Da geht dann bei *seiner* Beerdigung auch niemand mit.« Aber soweit kam es nicht, denn Herr Nock zog nach zwei Jahren schon aus, besser gesagt, verschwand unter Zurücklassung von Mietschulden und einer Wohnungseinrichtung, die, wie sich herausstellte, noch nicht abbezahlt war und unter Eigentumsvorbehalt der Möbelfirma stand, so daß nicht einmal sie gepfändet werden konnte.

Und Goldbergs waren zur Beerdigung nicht mitgegangen. »Na ja«, sagte die Hausmeisterin am Tag danach zur Witwe, »die sind nicht mitgegangen, wahrscheinlich, weil sie sind ja ... ich meine, weil sie ... also: weil – aus religiösen Gründen. Vielleicht dürfen sie aus religiösen Gründen nicht hingehen, wenn ein Pfarrer predigt.« »Kann sein«, sagte Frau Hummel. »Na ja«, sagte die Hausmeisterin spitz, »zum Leichschmaus hätten Sie die Goldbergs eh nicht eingeladen?« »Nein«, sagte Frau Hummel, »wir haben den Leichenschmaus nur im engsten Familienkreis abgehalten. Mir war nicht danach.« »Ja, ja«, sagte die Hausmeisterin Seilinger kühl.

Es war ungefähr vier, fünf Jahre nach dem Tod des Amtsrates a.D. Hummel, da schreckte die Hausmeisterin in der Nacht auf. »Automatisch hab ich zuerst dacht, der Beni hat einen Rausch und ist im Klo ans Waschbecken hingrumpelt und der stehts nimmer auf.« Beni war Herr Seilinger. »Aber dann ist mir eingfallen, daß gar nicht Freitag ist, und der Beni hat ruhig gschlafen. Da hats noch einmal gschrien. Wie mit erstickter Stimme. ›*Mörder!*‹« Die Hausmeisterin hatte sich ihren schokoladebraunen Morgenmantel aus Plüsch umgeworfen, war in die Gesundheitssandalen geschlüpft, hatte als Waffe ein Nudelholz mitgenommen und war hinausgerannt. »Es war fast hell, und bald danach hats von der Theresienkirch viere gschlagen.« Couragiert war sie ja, die Hausmeisterin Seilinger, und fürchtete – außer Gespenstern – nichts. Aber die Gespensterstunde zwischen zwölf und eins war sichtlich vorüber. Die Seilinger sah, daß bei Goldbergs ein Fenster aufgerissen war. Herr Goldberg schaute heraus. Er schrie nochmals »Mörder!« Sein Schlafanzug (oder Nachthemd? das war von unten, wo die Hausmeisterin stand, nicht zu unterscheiden) war vorn aufgerissen. Nicht aufgeknöpft: nein, aufgerissen. *Das* konnte die Hausmeisterin genau sehen, denn die abgerissenen Knöpfe hingen zum Teil noch in den Knopflöchern. »Mörder!« schrie Herr Goldberg ein drittes Mal, vielmehr röchelte er jetzt. Frau Goldberg kam von hinten, hielt ihrem Mann den Mund zu, zerrte ihn weg und schlug schnell das Fenster zu.

Den Vorfall schilderte die Hausmeisterin am nächsten Tag insgesamt achtzehnmal, unter anderem der Kassiererin im Supermarkt, der Hausmeisterin von Block 50/52, der jugoslawischen Pfarrersköchin von *Herz Jesu,* dem Briefträger und mehreren Hausbewohnern, einigen zweimal. Am übernächsten Tag erzählte sie es weitere elfmal, diesmal wieder dem Briefträger, dem Friseur, der Blumenhändlerin, einer jungen

Krankenschwester vom Rot-Kreuz-Krankenhaus, die bei der Milchfrau wartete, bis sie drankam, dem Hausdetektiv von Karstadt und einem ihr unbekannten Herrn mittleren Alters, der seinen Fuß auf den Mauervorsprung neben der Tür des Hauses gestellt hatte, um seine Schnürsenkel nachzubinden. Am dritten Tag erzählte sie es immerhin noch dreimal. Hier konnte sie das »Mörder!«-Röcheln schon so gut nachmachen, daß die Zuhörer erbleichten, und noch übernächste Woche berichtete sie von dem Vorfall ihrer Cousine Köhlmayer in Waldtrudering, wo sie zum Kaffee eingeladen war.

Auch Herr Hausmeister Seilinger erzählte den Vorfall, obwohl er ihn ja nur aus zweiter Hand kannte, weiter, und zwar dem Friedhofsgärtner Teckler am Nordfriedhof, bei dem er – was im übrigen, wie erwähnt, niemand wissen durfte – gelegentlich aushalf. Teckler hatte einen Vetter, Derendinger, der war Oberamtmann beim Amtsgericht. Über diese weitreichende Verbindung erfuhr Seilinger nach einiger Zeit, warum Herr und Frau Goldberg genau am Tag vor dem bewußten nächtlichen Vorfall ganz gegen ihre Gewohnheiten aus dem Haus gegangen waren. Goldbergs waren als Zeugen geladen gewesen, in einem Verfahren gegen einen früheren SS-Mann. Der frühere SS-Mann war heute über sechzig, ziemlich übergewichtig und Inhaber einer großen Spedition. Auch hatte er keine Haare mehr und saß in einem maßgeschneiderten Zweireiher da, in dessen Revers ein kleiner weiß-blauer Knopf steckte. Dennoch hatte ihn Herr Goldberg wiedererkannt.

In den Tagen darauf verklebte Herr Goldberg – das war von der Straße her zu sehen – die Fenster seiner Wohnung von innen mit Pappendeckel. Nur schmale Schlitze ließ er frei. »Wie bei der Verdunkelung damals«, sagte der Hausmeister. »Haben die in Theresienstadt auch verdunkeln müssen?« fragte die Hausmeisterin. »Weiß nicht«, sagte der Hausmeister, »wahrscheinlich aber nicht. Wahrscheinlich hätt man nichts dagegen gehabt, wenn s' bombardiert hätten. Lieber als wie die anderen Städte. Hätt mans Gas dann gspart.« Der Hausmeister lachte kurz. »Komm!« pfiff die Hausmeisterin, »so was sagt man nicht. Wenn womöglich jemand zuhört.«

Einige Zeit später war zu bemerken, daß Herr Goldberg die Pappendeckel-Verklebung durch Holzlatten ersetzte, die er sauber Latte für Latte innen gegen die Fensterrahmen nagelte. »Also das geht zu weit!« sagte der Hausmeister Seilinger, »der ruiniert ja die ganzen Fensterrahmen.« Er verständigte die Hausverwaltung, den dort zuständigen Herrn Lukas. Der kam am nächsten Tag. Die Hausmeisterin ging mit ihm hinauf in den zweiten Stock und blieb hinter Herrn Lukas stehen, der bei Goldberg läutete. Man hörte Schritte hinter der Tür, aber aufgemacht wurde nicht. Herr Lukas läutete wieder. Frau Goldberg öffnete den Briefschlitz und linste heraus. »Wer ist da?« flüsterte sie. Leider schickte Herr Lukas zu dem Zeitpunkt die Hausmeisterin weg. Von unten aber hörte sie, daß nach einigem Wortwechsel Herr Lukas eingelassen wurde.

Die Wohnung habe ausgesehen wie eine Festung, erzählte Herr Lukas später. Die Eingangstür sei innen mit zwei massiven Balken gesichert, die in Eisenhaken hingen. Alle Möbel seien so gestellt, daß man sie sofort vor die Zwischentüren schieben kann. Sogar das Klo sei – wie eine letzte Zuflucht – durch ein Stahlgitter gesichert. »Was das alles gekostet hat«, sagte Herr Lukas, »und das bei der schmalen Rente.« »Und was geschieht jetzt?« fragte der Hausmeister. Herr Lukas zuckte mit den Schultern. »Ich werde einen Bericht machen. Das muß dann der Vorstand entscheiden.«

Noch bevor der Vorstand über die Sache entschied, passierte das mit der Tafel. Die Hausmeisterin fand dann fast jeden Morgen solche Tafeln. Immer stand HILFE! drauf. Goldbergs sah man überhaupt nie mehr. Frau Goldberg ging nicht einmal mehr zum Einkaufen. Auch dem Briefträger am Ersten machten sie nicht mehr auf. Der Briefträger wollte daraufhin einen Benachrichtigungsschein in den Briefschlitz stecken, aber der war von innen verrammelt. So blieb ihm nichts anderes übrig, als den Benachrichtigungsschein mittels eines postamtlichen Klebestreifens am Türstock zu befestigen. Die Rente wurde aber nicht mehr abgeholt. »Wovon die leben?« fragte die Hausmeisterin die Frau Amtsratswitwe Hummel, »ein Rätsel.«

Am darauffolgenden Freitag war Stiftungsfest des Trachtenvereins, dem Herr Hausmeister Seilinger angehörte. D'HUOSIGAUER. Herr Seilinger stammte nämlich aus Murnau. Seit einem Jahr war er sogar im Präsidium als *Zweiter Trachtenwart:* zuständig für korrekte Knöpfe und Schuhschnallen. »Oh je«, sagte die Hausmeisterin, als der Zweite Trachtenwart Seilinger am Freitag gegen vier Uhr nachmittags gestiefelt und gespornt, ein Sträußchen Alpenblumen am Hut *ausrückte,* »oh, je, da wird er das ganze Wochenend danach wieder beinand sein wie ein Packl Reibsand.«

Zwölf Stunden später kam der Zweite Trachtenwart – als solcher, muß man leider sagen, nicht mehr so recht kenntlich – nach Hause. Auf der drüberen Straßenseite fiel er aus dem Auto des Präsidiumsmitglieds Komarek (Stellv. Kassenprüfer) und sang mit diesem am Randstein sitzend das allerdings nur schwer erkennbare Lied: »Denn wir fahren, denn wir fahren gegen Engeland«. Die Hausmeisterin wachte auf, stellte »automatisch« fest, daß diesmal tatsächlich Freitag, das heißt: die Nacht von Freitag auf Samstag sei, und holte schnell schon einmal den Kübel, den sie neben das Bett ihres Gatten stellte.

Der Trachtenwart Seilinger legte dann in gewundenen Linien den Weg vom Auto drüben zur Haustüre herüben zurück, begleitet vom Stellv. Kassenprüfer Komarek, den nachher allerdings der Hausmeister wiederum zu dessen Auto hinüber begleitete. Die Hausmeisterin legte sich vorsorglich ihr Nudelholz zurecht. Komarek begleitete dann Seilinger wieder herüber. Sie sangen das Lied »Lilli Maleen –« Herr Kassenprüfer Komarek bewältigte den Gehsteigrand auf allen vieren. Die Hausmeisterin zog den Gürtel ihres schokoladebraunen Schlafrockes enger und beschloß, hinauszugehen und der Sache ein Ende zu bereiten. Inzwischen war Herrn Hausmeister Seilinger der Schlüsselbund in den Gully gefallen. Er läutete. Er läutete allerdings ungezielt nicht bei SEILINGER, sondern etwas höher bei GOLDBERG. In dem Moment, als Frau Seilinger aus der Haustür trat, fiel von oben ein eiserner Fußabstreifer herunter.

»Der Seilinger«, sagte die Hausmeisterin zu Herrn Lukas – wenn sie Wichtiges sprach, redete sie von ihrem Mann per *der Seilinger* –, »der Seilinger war auf den Schlag nüchtern. Das war aber auch das einzig Positive an der Sache. Zehn Zentimeter weiter herüber, und es hätt ihn voll am Kopf getroffen. Dabei hat das Ding gut und gern seine zehn Pfund. Und aus dem zweiten Stock. Das ist ja förmlich gemeingefährlich.« Auch in der Gerichtsverhandlung sagte sie so aus. Es war keine Strafverhandlung, sondern eine vor dem Zivilgericht wegen Mietkündigung. »Freilich, Herr Richter, war der Seilinger sozusagen alkoholisiert. Schließlich war ja Stiftungsfest. Das kann jedem passieren.« »Na ja –«, sagte der Richter. »Und das kann auch einmal passieren, daß man am falschen Knopf läutet. Deswegen brauchen die doch nicht gleich einen eisernen Fußabstreifer herunterzuwerfen.« »Ich sage Ihnen, Herr Richter, man hat ja nichts gegen die Leute, aber ...« »Sie sind fremdartig –«, fügte der Richter hinzu, als die Zeugin stockte, »... wollten Sie wohl sagen?«

Die Wohnung mußte von Grund auf renoviert werden. Allein der Ersatz der von Nagellöchern demolierten Tür- und Fensterstöcke kostete die Hausverwaltung, sagte Herr Lukas, an die viertausend Mark. Natürlich seien die ehemaligen Mieter da schadensersatzpflichtig. »Aber«, sagte Herr Lukas und machte eine flatternde Handbewegung, »das Geld können wir vergessen.«

»Selbstredend tun ei'm die Leut im Grunde genommen leid, logisch«, sagte Frau Hausmeisterin Seilinger zu Frau Schliefering, der neuen Mieterin im zweiten Stock links, die zwei Monate später eingezogen war. (So lang hatte man für die Renovierung gebraucht!) »Aber mein Mann hätt ja glattweg tot sein können. Stellen Sie sich vor! Zehn Pfund schwer und aus dem zweiten Stock!« »Und wo sind die Leute hin?« fragte Frau Schliefering. »Keine Ahnung«, sagte die Hausmeisterin, »irgendwo anders hin, halt.« »Aber da geht doch das gleiche von vorn an«, sagte Frau Schliefering. »Ja mei«, sagte die Hausmeisterin, »aber von da hier wenigstens sinds weg. Man hat ja nichts gegen die Leut, aber im Grunde genommen bin ich froh. Das Hemd ist ei'm näher als der Rock. So ist halt das Leben.« »Ja, ja«, sagte Frau Schliefering.